十五条狗

[加] 安德烈·亚历克西斯 著
李静宜 译

北京联合出版公司
Beijing United Publishing Co.,Ltd.

新经典文化股份有限公司
www.readinglife.com
出　品

献给琳达·沃森

为何有白昼,

为何黑夜必定降临……

——巴勃罗·聂鲁达《犬之颂》

狗狗表

阿加莎

一只老迈的
拉布拉多贵宾犬

阿提克斯

一只威风凛凛、
满脸垂肉的那不勒斯獒犬

博比

一只不幸的
寻鸭犬

班吉

一只足智多谋的
比格犬

贝拉

大丹犬，雅典娜
最亲密的狗伴

道基

雪纳瑞
班吉的朋友

弗利克

拉布拉多犬

弗拉克

拉布拉多犬
弗利克的弟弟

莉狄亚

惠比特犬和威玛猎犬的配种犬
饱受折磨、精神紧张

罗纳迪诺

一只对人类的居高临下
强烈不满的杂神犬

萝西

德国牧羊犬，母狗，
和阿提克斯十分亲密

马济努

黑色贵宾犬，绰号
"吉姆老爷"或"吉姆"

马克斯

一只厌恶诗歌的
杂神犬

普林斯

一只喜欢作诗的杂神犬
又名拉塞尔、埃尔维斯

雅典娜

棕色茶杯贵宾犬

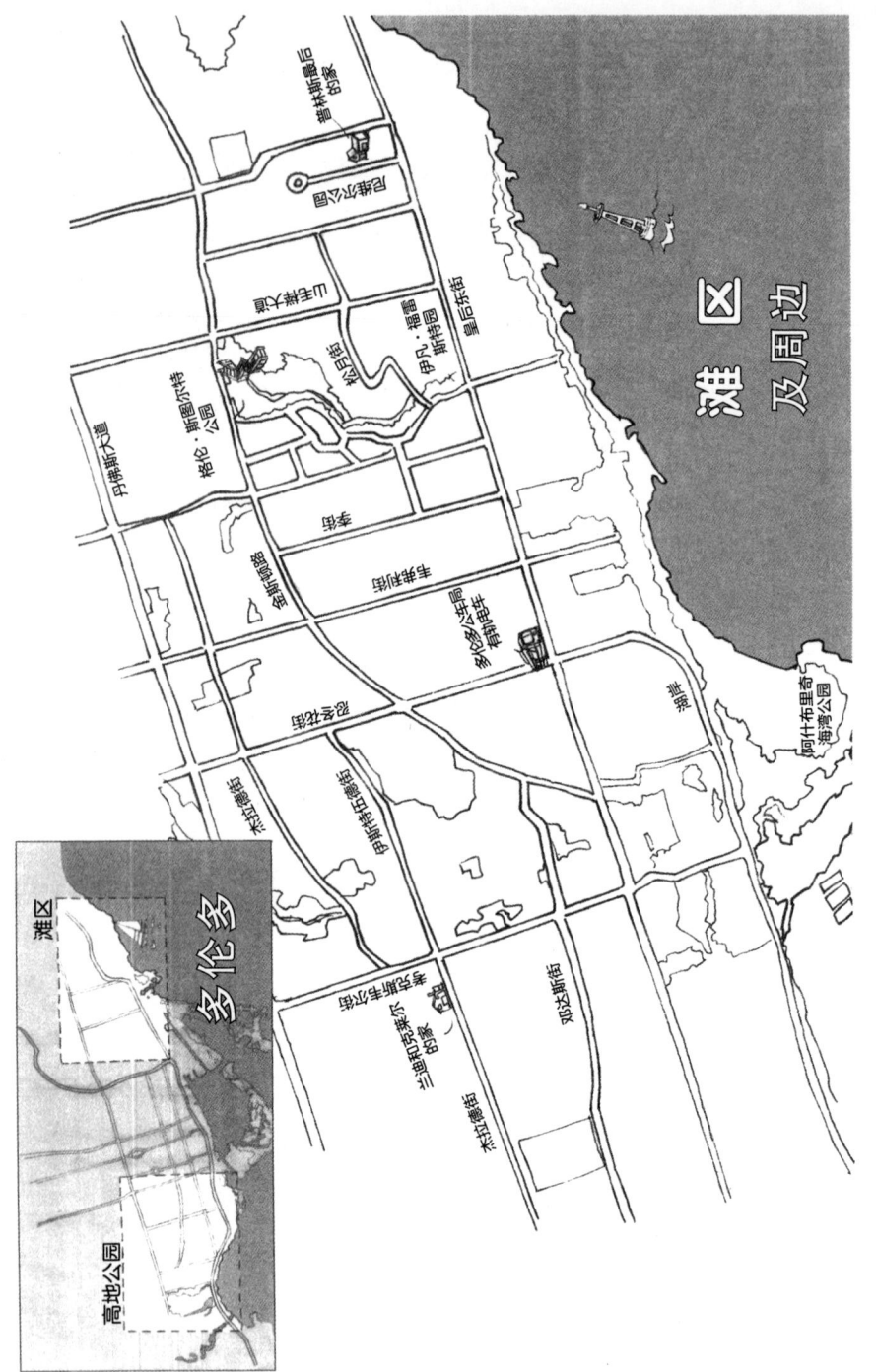

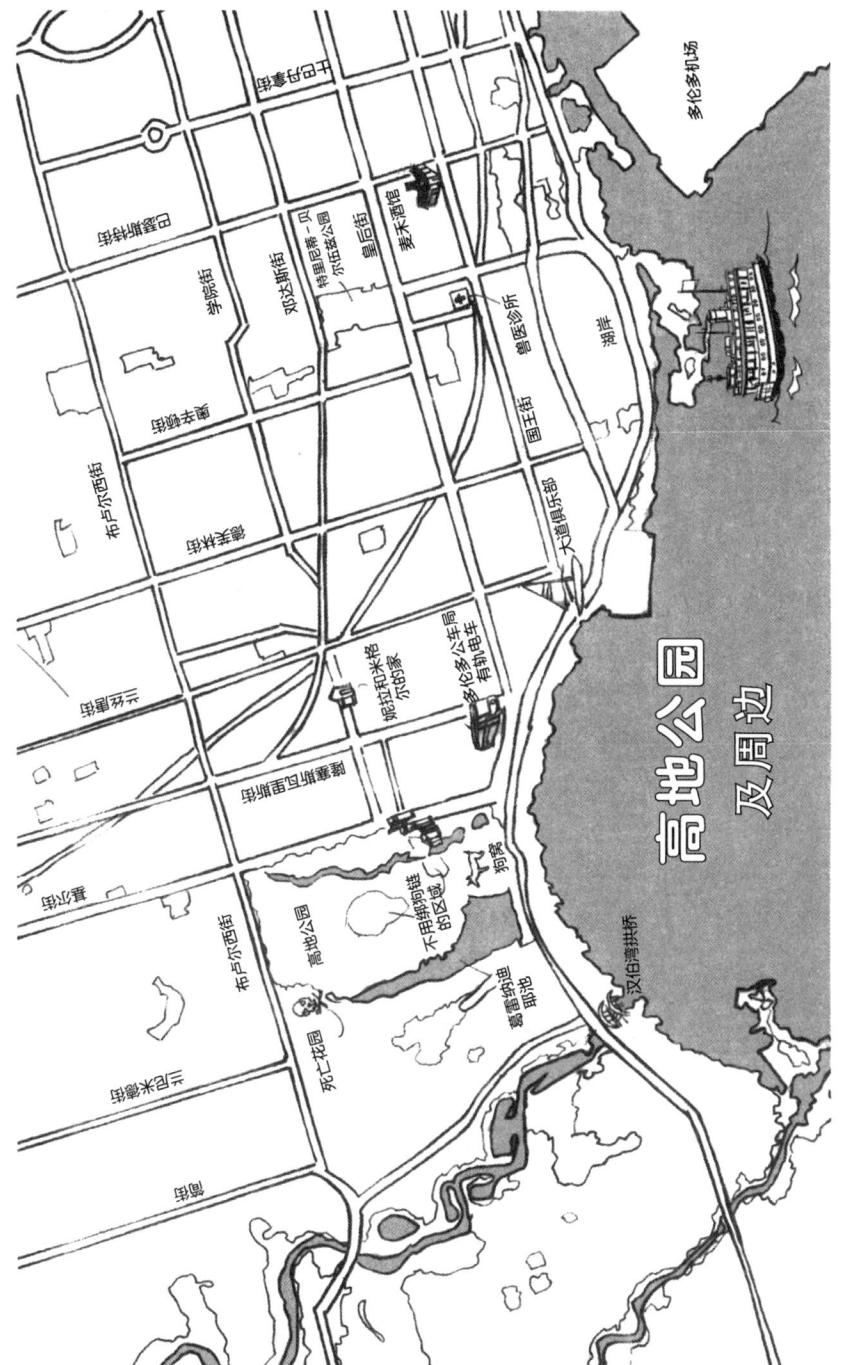

目 录

赌约	1
马济努与班吉	45
阿提克斯最后的心愿	119
马济努的结局	163
两份礼物	209
附注	245

赌约

多伦多的一个夜晚，天神阿波罗①和赫尔墨斯②在麦禾酒馆里。阿波罗的胡须长垂至锁骨。赫尔墨斯比较讲究外表，胡子刮得干干净净，但穿着打扮完全像凡人：黑色牛仔裤，黑色皮夹克，蓝衬衫。

他们俩喝个不停，但是让他们醺醺然的，并不是酒精，而是他们的现身激起的崇拜。麦禾酒馆就像座神庙，两位天神在这里心满意足。在男厕所里，阿波罗允许一个年纪稍长

---

① Apollo，阿波罗，古希腊神话中的光明、音乐、预言与医药之神，是奥林匹斯山的十二主神之一。众神之王宙斯与哺育女神勒托之子。
② Hermes，赫尔墨斯，古希腊神话中的商业、偷盗、旅者之神，是宙斯与阿特拉斯之女迈亚的儿子。赫尔墨斯聪明狡猾，精通多种语言，行动敏捷，是宙斯的传令使者。阿波罗与赫尔墨斯为同父异母的兄弟。

的西装男触摸他的身体。这个人体验到了前所未有、以后也绝不会再有的强烈的愉悦之感，不过他得付出八年的阳寿作为代价。

在酒馆里，两位天神开始漫无条理地聊起人类的本性。为了消遣，他们谈起了古希腊。阿波罗说，就造物而言，人和其他物种并没有优劣之分，也就是说，人并不比跳蚤或者大象强或差。人类，阿波罗说，并没有什么特别的长处，尽管他们自以为高等。赫尔墨斯的看法则不同，他认为，别的不说，人类创造与使用"象征"的方式比起其他物种，比方说蜜蜂所跳的复杂舞蹈，要有趣多了。

"人类的语言太含糊了。"阿波罗说。

"也许吧，"赫尔墨斯说，"但这也让人类显得更有趣，你听听这些人讲话。你能肯定他们懂得彼此的意思，可是他们谁都丝毫不知道自己讲出的话究竟被对方听成了什么意思。你怎么能抵挡得了如此趣事？"

"我没说他们无趣，"阿波罗回答说，"可是青蛙和苍蝇也很有趣啊。"

"如果你非要拿人和苍蝇比，那我们就谈不下去了。你很清楚。"

阿波罗操着一口完美但带神圣口音的英语（他讲的这种

英语,酒馆里每位顾客听来都带着自己的口音)说:

"谁愿意给我们付酒钱?"

"我来,"有个穷学生说,"拜托,让我来付。"

阿波罗一只手搭在了学生肩上。

"我们兄弟俩感谢你,"他说,"我们各喝了五瓶斯力曼啤酒,所以你可以十年内衣食无忧。"

这名学生跪下来亲吻阿波罗的手。等两位天神离开后,他在口袋里发现了数百美元。事实上,此后只要他还拥有这天晚上穿的这条长裤,他的口袋里就会有花不完的钱,直到十年后这条灯芯绒裤顷刻间烂成碎布条,再也无法复原为止。

在酒馆外面,两位天神沿着国王街往西走。

"我很好奇,"赫尔墨斯说,"要是动物拥有人类的智力会怎么样。"

"我想知道的是,他们是否会像人类那么不快乐。"阿波罗说。

"有些人确实是不快乐,但有些并非如此。人类的智力是份棘手的礼物。"

"我愿意拿一年的劳役打赌,阿波罗说,动物——任由你挑一种——要是有了人类的智力,会比人类更不快乐。"

"凡间一年吗?我赌,赫尔墨斯说,但是条件是,只要有一只动物走到生命尽头的时候是快乐的,那我就赢了。"

"但这是几率的问题,"阿波罗说,"有可能一辈子都在美好中度过,下场却很悲惨,而也有可能一生过得凄凄惨惨,结局却很幸福。"

"没错,"赫尔墨斯说,"但是只有等到生命结束时你才知道一生过得如何。"

"我们讲的是快乐的生命还是快乐的生活?哦,无所谓,无论是哪一种,我都接受你的条件。人类的智力不是礼物,而是祸患,只是偶然派得上用场而已。你选什么动物?"

这时两位天神正好走到邵尔街的兽医诊所附近。他们隐去身形,不被觉察地走进诊所,看到的多半是狗:出于某种原因被主人留在这里过夜的宠物。那么,就狗吧。

"我应该让他们保留原有的记忆吗?"阿波罗问。

"保留。"赫尔墨斯说。

就这样,光明之神赋予诊所内侧一个狗舍里的十五条狗"人类的智力"。

将近午夜时分,德国牧羊犬萝西正舔着自己的私处,突然停了下来,纳闷自己要在这样一个地方待多久。接着,她又想知道自己刚生下的那窝小狗崽去哪里了。千辛万苦生下一窝小崽子,然后就失去他们的踪迹,这事突然显得极不公平。

她起身喝水,嗅了嗅留给她吃的硬狗粮。闻着浅口碗里的食物时,她疑惑地发现,这只碗不像平常所见的那般黑乎乎的,而是有一种怪异的色调,美得惊人。其实只是一种泡泡糖粉色,但是萝西从前从没见过这种颜色,所以觉得好漂亮。在她此后的余生里,无颜色出其右。

萝西隔壁的笼子里,灰色的那不勒斯獒犬①阿提克斯正在做梦,他梦见一片辽阔的原野,让他兴奋的是,原野上到处都是毛茸茸的小动物:老鼠、猫、兔子、松鼠,有成千上万只,它们越过草地,一眼望去宛如衣褶边被扯走,刚好让他无法够到。这是阿提克斯最喜欢的梦,那一再出现的梦境,结尾总是他开开心心地抓回一只挣扎不休的小动物,送给他最爱的主人。他的主人会接过小动物,把它砸到石头上,然后摸着阿提克斯的背,唤他的名字。一向如此,这梦一向都是这样结束的。但今晚不同。今晚,阿提克斯一口咬进一只小动物的脖子时,突然想到,这小东西肯定会感觉到痛。这个想法,这个鲜活且前所未有的想法把他从梦里惊醒。

---

① Neapolitan Mastiff,那不勒斯獒犬,大型犬,面部有垂肉且一直从下颚拖到颈部中间。力量强大,忠诚、聪明而警惕,多为格斗犬或警卫犬。

狗舍里的狗纷纷从睡梦中醒来，或惊异于奇怪的梦境，或突然意识到所处环境发生了某种难以言明的变化。还有几只一直没睡的——离开家总是很难睡着——起身走到笼子门边看看是谁进来了，这种悄然无声的感觉透着浓浓的人味。一开始，每一只狗都以为自己新获得的视野是独一无二的，但是慢慢地，情况变得明晰：他们此时此刻身处的怪异世界是彼此共同的经历。

黑色贵宾犬①马济努轻声吠叫。他一动不动地站着，仿佛在打量对面笼子里的萝西。然而，马济努打量的其实是萝西笼门上的锁：一根带细长环索的滑闩。长长的环索卡在两块铁片之间，让滑闩固定不动，锁住笼门。这个装置简单精巧，而且有效。然而，要打开门锁，只需抬起环索，拉开滑闩就行了。马济努就是这么做的，他用后脚站立，把一只前爪伸出笼外。他试了很多次，笨手笨脚的，但是过了一小会儿，锁就打开了，他推开了笼门。

虽然大部分的狗都明白马济努是怎么打开笼子的，但并不是所有的狗都做得到。理由各不相同。两只被留在这里做

---

① Poodle，贵宾犬，根据体形大小可分为巨型贵宾、标准贵宾、迷你贵宾和玩具贵宾犬（含茶杯贵宾）。性情温和，智商极高，是很好的伴侣犬。

绝育手术的一岁拉布拉多犬①弗利克和弗拉克太年轻，太没耐性，搞不定笼门。体形较小的狗，包括巧克力色茶杯贵宾犬雅典娜、雪纳瑞犬②道基和比格犬③班吉，知道自己根本够不着门闩，便只哀哀惨叫，直到他们的笼门被打开。年纪较大的狗，特别是那只拉布拉多贵宾犬阿加莎，因为太疲惫、太困惑而脑筋不清楚，甚至笼门敞开之后，还是迟迟不敢采取行动去追求自由。

当然，这些狗早已有了共同的语言。这是一种只保留重要信息、只重视社会地位与生理需求的语言。每一条狗都理解其中的关键语句与想法："原谅我""我要咬你""我饿了"。当被赋予了灵长类的思考方式，狗和狗之间、狗和自己之间的交流方式自然也发生了改变。比如：以前他们的语言中并没有"门"这个字，但现在他们知道"门"是一种与他们对自由的需求截然不同的东西，"门"独立地存在于狗之外。奇怪的是，这些狗的新语言里的这个"门"字，并非得自于狗笼的门，而是来自诊所的后门。这道后门是绿色的，很大，

---

① Labrador，又称寻回犬，是一种大型犬类，活泼好动，个性憨厚，常被选为导盲犬或搜救犬等服务型犬种。本能地喜欢用嘴叼东西。
② Schnauzer，一种德国刚毛犬，天生具有超灵敏的嗅觉，可以轻易找出老鼠的位置。
③ Beagle，又称米格鲁猎犬。体形较小，警觉性高，自我意识颇强，好奇心重；嗅觉敏锐，体力耐力俱佳，是猎犬中最小型的品种。

正中央有根铁棒,用力推铁棒就能把门推开。推铁棒的时候会发出很沉且有回音的砰的一声。从那天晚上起,所有狗儿便一致认同,指代门的词就应该是一声"咔嗒"(舌头在上腭弹一下)后接一声叹息。

若说众狗儿这时感到困惑,未免轻描淡写。如果说当意识发生改变时他们感到"困惑",那么在全体走出诊所后门,望着邵尔街,蓦然发觉他们自由到了无助的地步,身后,诊所的门已关上时,眼前,这个弥漫着噪音与恶臭的世界现在对他们而言有了从未有过的重大意义,此时此刻他们的感受又要如何形容呢?

他们在哪里?谁来领导他们?

对其中的三只狗来说,这段诡异的插曲在这里结束了。浑身疼痛不堪的阿加莎是被送到诊所来安乐死的。她认为和其他狗一起离开没什么意义。她这辈子过得很好,生过三窝小崽,所以和女主人一起外出时,偶尔碰见的其他母狗总会对她表现出相当的敬意。她不想踏进一个没有女主人的世界。她在诊所门边躺下,让其他狗知道她不会离开。她不知道自己的这个决定意味着死亡。她从来没想过——也不可能想到——她的女主人会留她在这里独自面对死亡。而最惨的是,隔天早上,当诊所的工作人员发现她以及杂种狗罗纳迪诺和莉狄亚出了笼子时，态度非常不好。他们把气出在阿加莎头上，带她到银色台子上去受死的时候弄得她好疼。她抬起头想咬一位工作人员，还被他搧了一巴掌。一看见手术台，她就知道自己的生命走到尽头了。直到最后一刻，她都在拼命表达渴望再见女主人一面的心愿，但一切尽皆枉然。阿加莎在疑惑中一再用嘶哑的嗓音吠叫着代表"饿"的那个词，直到灵魂离躯体而去。

虽然罗纳迪诺和莉狄亚活得比阿加莎长，但是他们的结局也几乎和阿加莎一样悲惨。他们俩都是因为生了小病而被留在诊所的，之后也都回到了充满感激之情的主人身边。但是新的思考方式向他们原本（至少在他们记忆中是如此）悠闲自在且相对长久的生活注入了毒药。罗纳迪诺和很爱他的一家人住在一起，但是从诊所回来之后，他开始注意到他们的态度有多居高临下。虽然有确凿的证据证明罗纳迪诺已经和以前不一样了，但他们还是只把他当成玩具。他学会了他们的语言。主人的命令还没说完，他就会蹲下、站起来、装死，或者做出翻滚或哀求的动作。他懂得了要在水壶嘶嘶响的时候关掉炉子。有一回，有人当着他的面断言狗没法数到二十，他就对着说这话的人吠叫，嘲讽而悲痛地连叫了二十声。但没有人注意，也没有人在乎。更惨的是：或许是因为察觉到罗纳迪诺已经不是原来的他,这家人刻意回避他,敷衍了事地拍拍他的背或头,仿佛是在怀念以前的他。最终他幻想破灭,痛苦地死去。

莉狄亚的遭遇更悲惨。惠比特犬(她妈妈)和威玛猎犬配种而生的莉狄亚向来就有点神经敏感。拥有人类的智力让她更加敏感了。她也学会了主人的语言,总是小心翼翼地做或揣测他们希望她做的事。她不在乎他们的优越感。她在意的是他们的怠慢与疏忽,因为拥有灵长类的心智之后,她可以明确意识到"时间"的存在。时间流逝,每一分每一秒都像疥癣虫①在她皮肤底下爬动,是难以忍受的折磨。这种痛苦折磨只有主人陪伴在身边的时候才得以减缓。但她的主人是一对职场夫妇,身上总飘着丁香与柑橘的清香,往往一出门就连续八个钟头不见踪影,让莉狄亚痛苦至极。她会一连好几个钟头地吠叫、哀号、恳求,到最后,她的心再也承受不了一再反复的折磨,竟然一脚踏进人类最常用来逃避痛苦的港湾:紧张性抑郁障碍。有一天,她的主人发现她躺在客厅,四足僵硬,眼睛圆睁。他们带她到邵尔街的那家诊所。兽医说他无能为力,于是主人夫妇决定让她安乐死。他们不是体

---

① Scabies mite,疥疮上的螨虫,会在皮下咬出小斑点,引起强烈的瘙痒症状。

贴入微的主人，但是多愁善感。他们把莉狄亚埋在后院，还在她安息的坟丘上种满了黄色的花朵（也就是名唤莉狄亚的小金雀花）来纪念她。

从邵尔街出发的十二只狗在困惑和其他种种情绪的驱使下前行。这世界新鲜而神奇，但又熟悉而平庸。应该没有什么会让他们惊讶，但一切都给他们冲击。这群狗小心翼翼地沿着斯特拉坎街往南走，越过桥，来到湖边。

老实说，他们几乎是出于本能被吸引到湖岸来。这里汇聚的各种臭味让狗儿们着迷，就像清晨面包店的香味让人类沉醉一样。首先是湖本身的气味：腐臭味、鱼腥味，以及植物的气味。然后是鹅、鸭和其他鸟类的味道。更具诱惑力的是鸟粪的臭味，简直像淋了鹅油的固体沙拉。最后是阵阵飘来又渐渐消散的气味：煮熟的猪肉、番茄、牛肉的油脂、玉米、面包、甜点和牛奶。他们谁都无法抗拒这些气味，尽管，万一主人寻来的话，湖岸几乎没有地方可以藏身。

谁都无法抗拒这片湖的诱惑，但是马济努突然想到他们不应当去那里。他认为城市对他们来说是最差的居留之地，城市里到处都是惧怕不肯听从他们命令的狗人。马济努想，他们需要的，是一个可以暂时栖身的安全地，以便决定接下来该怎么做才对全体最好。他也认为,走在狗群之首的阿提克斯未必就是他们的领袖。这并不是说马济努自己想当领袖。虽然他已被卷入这趟探险之旅,和其他狗儿在一起也很开心,但是马济努还是觉得在人类身边更自在。他不信任其他狗。这让他一想到领导权的问题就心烦意乱。食物、栖身之所、饮水,这些现实问题须由大家一起来解决,但是由谁来领导呢?选择追随谁呢?

天色很暗,虽然月亮不时从云口袋里掉落出来。凌晨四点,整个世界阴影幢幢。加拿大国家展览会的大门忽隐忽现,仿佛随时可能跟跄着踩碎脚下的一切。路上没什么车,但马济努还是站在街边等待绿灯亮起。狗群中一半的狗:萝西、雅典娜、班吉、阿尔伯塔的杂种狗普林斯,以及寻鸭犬博比,和马济努一起等绿灯;而另一半:弗利克、弗拉克、道基、大丹狗贝拉、杂种狗马克斯则和阿提克斯一起大摇大摆穿过大街。

全体穿过街道后,暗黑静寂的大湖就在他们面前。沿着湖岸的步道,有不同动物的粪便、各种食物残渣,以及其他尚待嗅出的东西。满脸褶皱的阿提克斯有着与生俱来的猎捕本能,这时他察觉到了某些小动物的存在,很可能是老鼠,他想去追捕,也鼓动其他狗和他一起狩猎。

"为什么?"马济努问。

这个问题对狗的共同语言来说,是种革新,它令众狗吃惊。阿提克斯从来没想过自己或许应该压抑捕捉老鼠、鸟或其他食物的本能。他回味着这句"为什么",困恼地舔着口鼻。最后,他也自创了一句话,说:

"为什么不?"

弗利克和弗拉克很高兴,马上应和。

"为什么不?"他们问,"为什么不?"

"如果主人追来了,我们要躲在哪里?"马济努问。

不可能从狗的口中听到比这更为微妙的问题了。这背后的假设听起来很有道理,却又奇怪地不成立。马济努——虽然很尊敬自己的主人——推定所有的狗都想要躲避主人。马济努认为,自由比尊敬来得更重要。然而,主人这两个字在他们心里挑起的情绪,却不是能以"躲避"一词来完全含括的。有些狗一想到主人就觉得很宽慰。普林斯自从来到城里就与主人金姆分开,他会不惜一切代价找到主人。体重只有三磅半的雅典娜习惯了走到哪里都有人抱着。跟着狗群的步伐赶了这么长一段路,她已经精疲力尽了。面对眼前的漫漫长途,面对未来不可知的命运,她觉得自己会乐意顺从一个喂她、抱她的主人。然而,因为其他那些体形较大的狗似乎很不愿意屈服于人,她也只好假装自己不愿意。

就连马济努的立场也不无微妙矛盾之处。他向来以自己有能力完成主人的要求而自豪。他凭此赢得了小饼干与宠爱,但他也很讨厌这套行为模式。他有时甚至得拼命克制自己,才不至于逃走。老实说,要是可以带走他所得的宠爱——不只是宠爱,你知道的,还有享受宠爱的那种感觉,主人轻轻的拍抚,以及开心时对他讲话的口吻——他早已逃之夭夭。当然,如今他既然已经自由了,再想这些宠爱一点用都没有了。

弗利克与弗拉克都还太小,还没有充分理解和体验被驯服的快乐,所以只有他们俩完全赞成马济努的主张:要找个藏身的地方,以防主人出现。

阿提克斯的内心感受和马济努一样微妙,他却说:

"为什么要躲?难道我们没有牙齿吗?"

他露出满口牙齿,所有的狗都理解了他这句话的可怕意涵。

"我不能咬我的女主人,"雅典娜说,"她会不高兴的。"

"你让我无话可说。"阿提克斯说。

"这小母狗说得没错,"马济努说,"要是我们咬自己的主人,其他的主人就会注意到我们,会讨厌我们的自由。我看过很多自由的狗被打。除非遭受攻击,否则我们不该咬人。我们应该寻找藏身的地方。"

"哪来这么多话,"阿提克斯说,"讲这么多话,一点都不像狗。我们去找东西吃,然后再找地方住。"

他们开始觅食。有些呢,去找他们知道是食物的东西;有些呢,去猎捕他们天生就知道可以填饱肚子的小动物。他们大有斩获。靠着本能引导,他们准确无误地找到一些小型动物——四只老鼠和五只松鼠,又凭借与生俱来的灵巧高效捕杀,或围捕或伏击这些可怜的小东西。两个钟头后,当朝阳照亮大地,把湖水变成蓝绿色时,他们已经收集到了老鼠、松鼠、热狗面包、残余的汉堡、一些薯条、没吃完的苹果,以及裹了太多泥土看不出来究竟是什么的甜食。唯一遗憾的是,没能抓到一只鹅。而且,大部分狗都避开那些小动物,转而去吃人类吃剩的食物。他们把无头的、咀嚼过的老鼠和松鼠尸体排成一排,整整齐齐地摆在大道俱乐部旁边的山坡上。

接下来几天,有很多既微妙又明显的征兆显示,他们新拥有的思想带来了集体的变化。首先,一种新语言在他们之间蓬勃发展,改变了他们的交流方式。这个变化在普林斯身上格外显著。他不断在自己脑袋里发现新的词语,并和其他狗分享。比如，代表"人类"的词就是普林斯想出来的（大致是：grrr-ahhi，也就是在人类常发出的一种声音之后加上一声嗥叫）。这是意义重大的成就，因为这群狗现在可以在不提到掌控关系的情况下谈到这些灵长类动物了。创造出或可称为这群狗第一句俏皮话的也是普林斯：新语言里的"骨头"（大致是：rrr-eye）和"石头"（大致是：rrr-eeye）两个词非常相似。有天晚上被问到在吃什么的时候，普林斯回答说："石头。"其实他在吃骨头。许多狗觉得新语言的这第一个双关语很有趣，也很有道理，暗示那根骨头很难嚼动。

然后，随着对这片领地愈益熟悉，他们也变成更为敏捷的猎食者和更有辨识力的清道夫。他们盘踞的区域包括帕克岱尔和高地公园，以及从布卢尔街到湖边和从温德米尔街至斯特拉坎街的范围。没过多久，他们就全都知道了在哪些地方集合才不会引起人或犬的过多注意。不仅如此，受到普林斯对阳光与暗影的观察结果的启发，他们学会了把一天分割成好几个有用的单元。也就是说，他们共同发现了利用时间的方式，而这个发现令意识到时间流逝的他们得到了一些宽慰。（白天，从第一缕阳光出现到太阳开始下落，分成八个不均等的单元，每一个单元都有一个名字。而夜晚，从世界开始安静下来的那一刻，到第一声喧闹的鸟啼响起，分成十一个单元。于是,狗群的一天就由十九个单元,而不是二十四个单元组成。)

这种与时间和空间的新关系,在某种程度上影响了他们建立窝巢的决定。阿提克斯很务实也很有说服力(虽然他打从开始就不信任新语言),他建议大家选择高地公园的一片灌木林,一簇常青木下方的空地。他们找来网球、运动鞋、衣服、毯子、吱吱响的玩具等任何能找到或偷到的东西,好让这个地方变得更宜居。他们并不打算永远待在这片林子里。阿提克斯说,这里只是临时将就的栖身之处,是他们入夜时聚集的地方。但没过多久,这里似乎就属于他们了,散发着松脂、狗和尿液的气味。

然而,最能显示"灵长类的思考方式"有益的是,贝拉和雅典娜之间的关系。不论是身高还是体重,这两条狗都是极端的对比。她们年龄相仿,都是三岁,但雅典娜体重不过三四磅,腿短,狗群移动的时候,她很难跟得上。而贝拉身高三四英尺,体重约两百磅,不常跑动。尽管她并不是狗群里最爱思考的,走起路来却总是一派深思熟虑、高贵非凡的模样。眼看雅典娜赶不上大家,贝拉想起以前曾有个四岁的小女孩骑在她背上,于是主动提出要背雅典娜。

这对贝拉来说根本不算什么。她跪下来,前脚压在身体底下，等待雅典娜爬到她背上。雅典娜倒是爬上去了，但是一开始，差不多才刚坐上去就摔了下来。从贝拉背上摔下来是很痛的。但是她很快就掌握了要领。到了第三天，雅典娜就知道如何用爪子来稳住身体，并咬住贝拉的脖颈，不让自己掉下来，雅典娜平衡保持得非常好，想让她移位都很难。几天之后，一个格外奇异的画面出现了：贝拉跨着她那似有节拍却实无节奏可言的阔然大步，随时可以胸有成竹地快跑起来，她两肩之间的肌肉上下起伏，与此同时，雅典娜就像个浑身毛茸茸的旅客坐在船的前甲板上一般，欣喜地维持着身体的平衡。

她们很快就亲密得像同窝生的姐妹，然而，虽然这两条母狗很开心，却给狗群带来了麻烦。雅典娜和贝拉招来了他们所不希望引起的注意。有一天，狗群沿着湖岸觅食时，一群年轻的男人发现雅典娜坐在贝拉背上，觉得很好玩，马上就生出讥嘲之意，开始追赶狗群。人类可真奇怪，这群年轻男性对贝拉和雅典娜的盎然兴味与侵犯和厌恶别无二致。他们捡起石头丢向狗群。贝拉跑得不快，而且也没办法一口气跑很长的距离，过了一会儿，脚步就慢了下来。有颗石头击中了雅典娜，她痛得哀叫一声，从贝拉背上跌了下来。雅典娜的倒霉与痛苦惹得那群人更乐。他们捡了更多石头，想尽其所能地折磨这两条狗。

贝拉虽然生性温和，不易发怒，但当这群男生挨近时，她马上有了戒心，准备大开杀戒。她使出唯一想到的计谋，打算先除掉个头最大的攻击者，她全神贯注，咆哮着扑向他们。她直接扑上带头的那个人，他和其他人都还没反应过来，也来不及逃了。用重达两百磅的躯体撞倒那人之后，她本能地攻击他的喉咙，若非他在最后一刻扬起手臂，贝拉肯定会一口咬穿他的脖子。贝拉咬中的是他的右手，伤口深及骨头。血喷出来，他在贝拉身体底下哭号。其他人虽然手里还拿着石头，但都僵住了。他们一动不动地站在那里，听着朋友哭喊求救。他们的恐惧对贝拉十分有利。一瞬之间，她放开第一个人不再理会，直接冲向最靠近她的另一个人。刚才被咬那人拔腿就跑，尖声哀号，不顾他的朋友们的死活。

正在附近觅食的阿提克斯和马济努听到骚动赶了过来，追着那几个人吠叫，把他们赶得远远的，确保他们不会再回来，但事实上，对那几个男生来说，"回来"是他们最不可能有的念头。换言之，他们溃败得彻底而迅速。这六七个年龄至多不过十四岁的男生受了很大的创伤和羞辱。但是当众狗看到雅典娜的伤并不严重——她流了些血，左眼上方有一团毛湿湿的，马济努说：

"这不太妙。人类不喜欢你咬他们。我们得换领地了。"

"我也觉得不太妙,"阿提克斯说,"但是我们为什么要走?他们会回来找她们两个。要躲起来的是她们。伤人的是这条大母狗。他们会来找她,但不会来对付我们。"

"我不同意,但你说的也不是完全没道理。"马济努说。

但是狗群还是采取了防范措施。贝拉和雅典娜在高地公园里觅食,留在灌木林附近。她们远离湖岸,而且要等到天黑,当暗影掩蔽她们的形影之后,雅典娜才爬到贝拉背上。白天,其他的狗分成小组行动,每一组只有两三只,尽量不引起注意。

这些防范措施是针对人类的。并不是说人类必然会带来危险,只是他们太不可预测了。可能前一个人蹲下来拍拍你的背,挠挠你的头,而下一个看起来一模一样的人却会踢你,朝你丢石头,甚至置你于死地。一般来说,还是避开他们比较好。然而,大大出乎狗群意料的是,在他们改变行为方式之后的头几个星期里,最严重的冲突并不是发生在他们和人类之间,而是他们和其他狗之间。不管这群狗多么有礼貌,多么不具威胁,有些狗就是会立即攻击他们,之前甚至不会吠叫或露出牙齿警告。

"他们以为我们很软弱。"阿提克斯说。

但是事情没这么简单。发动攻击的狗虽然颇具侵略性，但似乎也很害怕。面对贝拉、阿提克斯、弗利克或弗拉克这几条体形较大的狗，他们会感到恐惧。但是碰到道基、班吉、博比或雅典娜等对普通体形的动物都没有震慑力的小狗，他们也还是会畏缩。而那些没有立刻攻击他们的狗，有时会立马屈服。实在是太怪异了。这些小狗觉得，自己在那些狗眼中仿佛升级成高大凶猛的狗了。

对于地位的转变，这十二只狗反应各异。阿提克斯觉得这样的处境难以忍受。活在明明知道自己是一条狗、其他狗却不把你当狗的世界里，真的非常悲惨。对阿提克斯来说，曾经所有的乐趣——闻其他狗的屁眼，把鼻子埋进朋友的外生殖器，跳到地位较低的狗身上——都一去不返，除非狠狠压抑自我意识。他、马济努、普林斯和萝西都有这种感受。他们四个中，除了普林斯，从某种程度上来说，马济努也要除外，其余两条狗都恨不得放弃自己的这种思考能力，好重新融入普通狗的群体里。只有普林斯全心全意接受这种意识的改变。对于普林斯来说，他仿佛发现了一种观看世界的新方式，一种让已知的一切变得奇异而精彩的角度。

与之完全相反的是弗利克、弗拉克，以及杂种狗马克斯。自我意识也让他们很困扰，但是他们学会了压抑思想。当然，他们也还是会运用这种新获得的思考能力，只是他们一方面以新的方式思考，一方面却仍维持狗原本的行为模式。受到陌生狗的挑衅时，他们会极具效率地捍卫自己，联手使出让对方威力扫地的手段：咬穿它们的脚腱，任它们流血、痛苦。碰上顺从的狗，他们的快感同样强烈。这三只狗会上任何让他们上的东西。因此，从某个角度来看，这新的（或说不同的）智力是为他们所理解的自身本质服务的：他们就是犬。他们应该赢得"普通"狗的恐惧。

事实上，让弗利克、弗拉克和马克斯最头痛的不是外来的狗，而是狗群里的其他狗。没错，其他九只狗拥有和他们一样的智力，以及迅速进化的语言。而且，没错，这世上也只有其他九只狗了解他们。但是，"了解"这个词散发着和"思想"一样的臭味，正是他们最不想要的。"了解"这个词提醒他们，虽然他们努力想活得像狗，但他们却已经不再是正常的狗。他们希望从其他狗身上得到的，是顺从或者领导，但一开始，这两样都落空了。

在那九只狗当中，普林斯当然是最让弗利克、弗拉克和马克斯气恼的。普林斯也是只杂种狗，黄褐色，胸口缀着一片白毛，个头虽大，但是性情却完全中和了外表所带来的威慑力。他明明可以颐指气使，却一贯亲切温和。可恼的是，普林斯有很多怪点子。是他把一天分成不同的单元。是他盯着琐碎的小事追问不休：关于人类、海洋树木，关于他最喜欢的味道（鸟肉、青草和热狗），关于天空中那个放射出暖洋洋光线的黄色大圆盘，他有无穷无尽的问题。他们三个也讨厌普林斯那个"石头"和"骨头"的双关语。而且普林斯还没完没了。在其他狗的鼓励之下，他的文字游戏是越来越不知所云了。

在弗利克和弗拉克看来，普林斯的目的似乎就是要摧毁他们的精神。

但普林斯的双关语还不是最可恶的。之前，他们就像所有的狗那样，安于用最基本的声音，即吠叫、吼叫、嗥叫来构成简单的词汇。这些声音都可以接受，而"水"和"人类"这样的词，也都是很有用的创意。然而，在普林斯的煽动之下，狗群创造了无数的词指代无数的东西。（狗真的需要"尘埃"这个词吗？）然后，有天晚上，普林斯坐起来，说了一串奇怪的词的组合：

山坡上绿草湿润。

天空无边无际。

正午又来到了

等着女主人玛琪的狗身边。

听到这一连串的呻吟、吠叫、尖叫、叹息声,弗拉克和弗利克跳了起来,准备扑上去咬掉那可恶的狗主人的脸。他们还以为是某个主人来了,要折磨他们。但普林斯念叨的这些词并非警告。他只是在玩,在表演,在为了讲而讲。语言还能有其他更卑劣的用法吗?马克斯跳起来,吼叫着,准备张口撕咬。

然而,他没想到的是,普林斯的话语竟然给某些狗带来了欢乐。雅典娜谢谢普林斯提起了湿润的山坡、无边无际的天空。贝拉也谢谢他。这些狗不觉得普林斯滥用了他们的语言,反而认为他运用文字游戏,为他们的语言带来了某种意想不到的、美妙的东西。

"我很感动,"马济努说,"拜托,再来一段吧。"

普林斯又表演了另一段吼叫、吠叫、尖叫与咔嗒声。

山的那一边,有个主人
知道我们隐密的名字,
以铃声和骨头,
召唤我们回家,
冬日,秋季,与春天。

大部分的狗都静静坐着,无疑是在努力理解普林斯话语间的意思。但是马克斯受不了。普林斯不只扭曲了他们原本简单明了的高贵语言,更逾越了犬类的界限。没有哪只货真价实的狗会讲出这种废话。普林斯不配与他们为伍。为了捍卫他们真实的本性,必须采取行动。马克斯察觉到弗利克和弗拉克也有同感,但他想要第一个去咬普林斯,咬得他求饶屈服或离开狗群去流浪。马克斯叫都没叫就直接冲向普林斯。普林斯运气不错。就在马克斯悄悄发动狠毒攻击,准备张口咬这条杂种狗的喉咙的时候,马济努挺身而出保护了普林斯。弗利克和弗拉克还来不及插手,马济努就撂倒了马克斯,牙齿牢牢咬住马克斯的喉咙。马克斯撒尿屈服,躺在地上一动不动。

"别杀他。"弗拉克说。

马济努发出低吼警告,更用力地咬,咬到见血。

"他说得没错,"阿提克斯说,"杀我们自己的狗没有好处。"

马济努身上的每一条肌肉纤维都觉得,宰了马克斯才是正确的。他仿佛知道自己终有一天非宰了马克斯不可,所以为何不现在就动手呢?可是他听了阿提克斯的话,放开了马克斯。马克斯立刻夹着尾巴逃开。

"没有必要搞暴力。"阿提克斯说,"这只狗只是想表达出他对我们所听到的这些话的感觉而已。"

"他一点都没有隐藏他的感觉。"马济努说。

"你让他知道自己该有的分寸,"阿提克斯说,"你这样做是对的。"

除了弗利克和弗拉克——他们俩刻意不动脑筋——大部分的狗都对马克斯和马济努刚才交战的一幕感到不解。过去,大家会说自己目睹了一场争夺统治权的战斗,马济努显然赢了,所以地位也得以提升。但是,眼前普林斯是问题的核心。普林斯惹恼了马克斯。是他讲的那些话惹的祸。所以,马克斯和马济努打的这一架,是因为言语还是为了地位?狗会因为言语打到你死我活?这么想可真奇怪。

贝拉和雅典娜挨在一起快睡着的时候,雅典娜说:

"这几条公狗打架肯定是有理由的。"

"不关我们的事。"贝拉说。

这件事就到此为止了,她们俩这么想着,很快就睡着了。在梦里,雅典娜对着一只松鼠悄悄低吼。这只松鼠比她的体形小多了,而且故意吵得要死。

那场冲突发生两天后，阿提克斯找马济努谈话。

秋天已经来了，树叶开始变色。夜晚变得更暗，也更凉。狗群养成了固定的行为习惯：觅食，躲避人类，猎捕老鼠和松鼠。灌木林提供了遮风避雨的地方。所以，虽然他们当初只是把这里当成临时的栖身之所，是可以思考他们身上到底发生了什么的地方，但是这片树林已经变成了家，离开这里变得越来越难以想象。

马济努一直以为弗利克、弗拉克、马克斯或阿提克斯可能会来找他。他以为他们其中之一会提出领导权的问题。狗群已经有好长一段时间没有首领了，这是很不正常的现象。虽然他自己并不想出面领导，但是如果其他狗强力推举阿提克斯这个最有可能的首领，而不先征询他（也就是马济努）的意见，他会觉得是一种侮辱。过去，他们一定会为此打上一架，肯定会。但是在他们都发生了变化之后，像领导权这么复杂的问题，肢体争斗似乎不是最好的解决办法，至少马济努是这么认为的。

（这改变多么诡异啊！有一天，听着人类对他们的宠物讲话时，马济努有了一次怪异的体悟，宛如阳光瞬间炸开了浓厚的晨雾。他听懂了人类讲的话！不只是一些他早已懂得的人话——那些他听过成千上万遍的话。他相信他理解了这些话背后的想法。就马济努所知，没有任何一只狗能像他此时此刻这般了解人类。他不确定这是幸还是不幸，但这个新的体悟、这种理解，肯定需要行为上的改变，帮助他们应对这个新世界层出不穷的诡谲怪异。）

马济努和阿提克斯一起离开小树林，走进公园。满天星光闪耀。皇后街的灯光向南绵延。万籁俱寂，只有蟋蟀鸣叫不休，天气还没冷到让它们安静下来。

"我们该怎么做？"阿提克斯问。

这个问题出乎意外。

"什么怎么做？"马济努问。

"我问错问题了，"阿提克斯说，"我的意思是，我们该怎么活下去，如今在同类眼中，我们已经变成陌生客了。"

"它们有理由怕我们，"马济努说，"我们的思考方式已经和它们不一样了。"

"可是我们的感觉还是和它们一样，不是吗？我还记得我在那一夜之前的样子。我并没有变得太多。"

"我不认识以前的你，"马济努说，"可是我认识现在的你，知道你现在和以前不同了。"

"我们之中有几个，"阿提克斯说，"相信最好的做法是别理会我们的新思想，而且别再使用新的词语。"

"你怎么能压抑内心的声音？"

"内心的声音无法压抑，但你可以忽视它们啊。我们可以回到以前的生活方式。新的思考方式让我们远离群体，一旦没有归属，狗就不再是狗了。"

"我不同意，"马济努说，"我们拥有这种新的方式，这是上天赐予的。我们为什么不该好好利用它呢？我们的与众不同或许是有原因的。"

"我还记得，"阿提克斯说，"和我们的同类一起奔跑是什么感觉。但是你，你想要思考，一直思考，然后重新思考。想这么多有什么好处呢？我和你一样，可以从中得到乐趣，但这无法带给我们真正的好处。这使我们变得不像狗，使我们偏离正道。"

"我们懂得其他狗所不懂的事情。我们不能教他们吗？"

"不能，"阿提克斯说，"现在该是他们教我们。我们必须重新学会怎么当狗。"

"狗兄，你为什么想知道我对这些问题的想法？你想要领导大家吗？"

"你会挑战我？"

"不会。"马济努说。

两只狗一起坐了一会儿，倾听夜晚的声音。这个公园的天地里，满是肉眼看不见的生命。他们头顶的广袤天空崭新慑人，又源远流长。他们俩以前都没怎么注意过星星和夜空。而今，他们不由得感到惊奇。

"我在想，那条讲一堆怪话的狗所说的到底对不对，"阿提克斯说，"天空是不是真的没有尽头？"

"那只狗的思考方式很美，"马济努说，"但是他懂得的并不比我们多。"

"你觉得我们终有一天会弄懂吗？"

马济努拼命想搞清这个问题，想搞清内心的种种想法。有时，所有这些思绪纠缠成一团，令人绝望。他心想，会不会到头来，阿提克斯才是对的。或许，做条像狗的狗才是最好的选择：不再因为思考而离群索居，而是成为群体里的一员。也许，其他的一切尽皆徒然，甚至更糟，只是引你偏离正途的幻想。但是，尽管新的思考方式带来很多困扰，有时甚至是痛苦的折磨，现在却已经是他们的一部分了。他们为什么要背弃自己呢？

"有朝一日，"马济努说，"我们或许会知道天空的尽头在哪里。"

"是啊，"阿提克斯说，"总有一天会知道，或者永远不知道。"

马济努的直觉是对的。他早已预料他们俩会有一场关于领导权的私下谈话,虽然阿提克斯讲得很含糊,但真正的问题在于权力。只是马济努也没能完全掌握阿提克斯的真意。他并不在乎马济努会不会和他争夺领导权。阿提克斯块头比马济努大,而且,他有弗利克、弗拉克、马克斯和萝西挺他。阿提克斯真正想要知道的是,马济努是否属于这个群体,会不会跟从他(也就是阿提克斯)走上他所选择的方向。对此毫无察觉的马济努,把阿提克斯所需的情报都给他了。

隔天,在本应出去觅食的时候,弗利克、弗拉克、马克斯和阿提克斯避开了狗群的其他狗,也避开了公园里那些没绑狗链的狗,到汉伯湾拱桥另一头的湖边碰面。

"我已经和其他狗都谈过了,"阿提克斯说,"要想以正确的方式活下去,就必须有所改变。有些可以留下,有些必须离开。"

"那只黑狗怎么办?"弗拉克问。

"他不是我们这边的,"阿提克斯说,"必须把他赶走。"

"最好宰了他。"马克斯说。

"你之所以这么想,只是因为他上次扑倒了你。"弗利克说。

"不,"阿提克斯说,"他说得没错。那条黑狗不好打发。已经有几只狗忠于他了。我不想杀他,但是如果他留下,情况会很难把握。"

"那条阴部很高的母狗呢?"马克斯问。

"她喜欢那条黑狗,而且她太壮了,"阿提克斯说,"我们得舍弃她。"

"叫她把那条小母狗也带走吧。"马克斯说。

"规则是什么?"弗拉克问。

"规则有两条,"阿提克斯说,"除了正常的狗语之外,不得再使用其他语言;除了狗的行为模式之外,也不得再有其他行事作风。我们要过向来应该过的生活。"

"没有主人?"弗利克问。

"我们不会有主人,"阿提克斯说,"没有主人的狗才是真正的狗。有三只必须离开:那只大母狗、那只黑狗、还有那只讲话奇奇怪怪的狗。一旦他们离开,我们就可以过我们该过的生活。"

"你要挑战那只黑狗?"马克斯问。

"不,"阿提克斯说,"我们必须一次除掉他们三只。我们动作要快,迅速搞定该搞定的事,趁其他狗还没选边站,情况还没变得棘手之前。"

"什么时候?"弗拉克问。

"今天晚上。"阿提克斯说。

他们运筹帷幄,连最小的细节,万一计划失败该如何应对的细节都一一谋划好了,虽然这样做很不像狗的作风。

普林斯又念了一首诗。

> 移动的光不是光,
> 留驻的光不是光,
> 真正的光在无数睡梦前即已升起,
> 升起,甚至在群鸟之口。

马克斯当场就想宰了他。

狗儿们听完诗,思索一番之后,大多都回到栖身处睡觉,普林斯的话语宛如摇篮曲,让他们立即进入梦乡。但是阿提克斯没睡。他邀马济努一起再到公园聊聊。这时,整个狗窝除了细微的呼吸声之外,一片安静,弗利克和弗拉克悄悄起身。弗利克无声无息地走到贝拉和雅典娜睡觉的地方,张开嘴巴,用力咬住雅典娜娇小的身体,然后把她叼走了。尽管雅典娜被扼死时发出了闷叫声,但没有一只狗醒来。

过了一会儿,弗拉克叫醒贝拉,用鼻子推她的头。

"他们把小母狗抓走了。"他说。

贝拉缓缓从梦中醒来,但一看见雅典娜不在,立马就警醒起来,明白了弗拉克的意思。

"他们把她抓去了哪里?"她问。

"我不知道。我哥去追他们了。我带你过去。"

他带着她一路跑向公园旁边的一条街:布卢尔街。这条街在山坡上,虽然已经入夜,但仍车流阵阵。一批车快速驶下山坡,然后归于平静,一阵子之后又来几辆疾驰而下的车。接近半山腰的人行道上,弗利克站在街灯下,望向马路对面。

贝拉和弗拉克走近之后,弗利克说:

"她在那里。你们看见了吗?在灯下面。"

贝拉看不清楚,但马路对面的街灯下,确实有什么东西。这条路很危险,但是,只要事关雅典娜,贝拉就顾不了其他。为了救雅典娜,她什么都可以做,雅典娜是她在这世上的挚爱。事实上,她原本会立即奔过马路,若不是弗拉克说:

"等等!我哥会先到坡顶上去,等信号灯改变,可以安全穿越马路的时候,他会吠叫来通知我们。"

贝拉焦急地等候着,不停地跳上跳下,拼命想看清街对面的雅典娜。

"快走，"弗拉克说，"现在安全了。"

但是，当然，现在一点都不安全。弗利克时机抓得刚刚好。贝拉还没跨过街道的四分之一，就被一辆出租车撞死了。

总而言之，贝拉和雅典娜的谋杀案完美无瑕地搞定了。

街上的人高声叫嚷，贝拉躺着一动也不动。确定贝拉已死之后，弗利克和弗拉克回到狗窝，他们已经拟订计划，要先和马克斯一起解决掉普林斯，然后再去和阿提克斯会合，一起对付马济努。

这应该一点都不难。马克斯负责监视普林斯。他恪守了职责，虽然很难压抑那种恨不得把这条害他丢脸的臭杂种狗咬死的冲动。马克斯（一步一步悄悄地）挨近普林斯，躺在他旁边，近得足以听见普林斯偶尔发出的鼾声和呜咽。普林斯根本不可能逃离他们的掌控。然而，等弗拉克和弗利克悄悄溜回狗窝，准备和马克斯合力尽快地解决普林斯时，却发现他们以为躺着普林斯的地方，竟然只放着一堆人类的衣物。马克斯气疯了。普林斯根本不可能逃得掉！马克斯一直竖着耳朵注意听每一声呼吸，同时为这将是这条狗的最后几次呼吸而兴奋不已！他们弟兄三个绕着狗窝转来转去，查看每只狗躺的地方，搜寻普林斯的气味，但根本找不到普林斯的踪影。

然而，普林斯还在他们之间。

谋杀贝拉和雅典娜的凶案虽然干得干净利落，却让天神之间产生了争执。赫尔墨斯和阿波罗俯望雅典娜再无生命体征的尸体（弗利克像杀老鼠那样，轻而易举地扭断了她的脖子），以及躺在街道中央的贝拉的尸体。

"她们死时很快乐，"赫尔墨斯说，"我赢了。"

"你没有赢，"他哥哥说，"小的那只吓得要命，大的这只为她的朋友担忧。她们死的时候都不快乐。"

"你这样说很不公平，"赫尔墨斯说，"我同意，她们生命的最后一刻是不愉快的。但是在被杀害之前，她们谁都未曾想到会一起体验如此亲密的友谊。虽然拥有了人类的智力，她们还是很快乐。"

"我同意，"阿波罗说，"但是我又能怎么办呢？是你坚持说生命的最后一刻才是最重要的。我们说好的，只要有一只在死亡的那一刻是开心的，你就赢了。这两只狗死的时候并不开心，所以你没赢。但是，听我说，赫尔墨斯，我不想听到你说我骗了你，跑到天父那里去告状。所以，既然这个赌局中你的赢面没我大，我就给你一个机会。我允许你介入这些动物的生活。一次。只有一次。随便你怎么做都可以。

但是如果你介入了，赌注就加倍。输的一方要服凡间两年的劳役。

"而你自己不会介入？"

"我干吗介入？"阿波罗问，"不需要我动手，这些动物已经够悲惨了。他们到死也开心不起来。但如果说得明白点可以让你觉得好受一些，我愿意保证，我不会直接干涉。"

"好，我接受。"赫尔墨斯说。

于是，弗利克和弗拉克处理完贝拉和雅典娜，往回赶的时候，普林斯做了一个非常奇怪的梦。一开始非常美妙，他梦到自己在阿尔伯塔省的罗尔斯顿，在他第一个主人的家里，那是一幢弥漫着他气味的房子，他的玩具以一种秘密的规律散落，而他对房子里每一个角落、每一个裂隙都了如指掌。他听到老鼠在木地板上乱窜的声音，于是往厨房走去。这时，一只他不认识的狗进入了他的梦乡。这只陌生的狗浑身黑得发亮，只有胸前是一片亮蓝色。

"你有危险。"那只狗说。

这狗和普林斯说一样的语言，流利完美，一点口音都没有。

"你讲话真是悦耳动听，"普林斯说，"你是哪位？"

"我的名字有点难念，"那只狗说，"我叫赫尔墨斯，和你不是同一个族群。我是主人的主人，我不希望你死在这里。"

"哪里？"普林斯问。

忽然之间，他已远离童年时的那幢房子。他在高地公园，俯望着与其他狗一起睡在狗窝里的自己。经由赫尔墨斯指点，他看见马克斯躺在他旁边。他看见弗利克和弗拉克回到狗窝里。他注意到——因为赫尔墨斯希望他看到——贝拉和雅典娜睡的地方空了。

"那只高大的母狗呢？"他问。

"被他们杀死了，"赫尔墨斯说，"要是你留在这里的话，他们也会杀了你。"

"我做了什么？"普林斯问，"我又没有和谁作对。"

"他们不喜欢你讲话的方式，"赫尔墨斯说，"你要是想活命，唯一的选择就是逃亡。"

"但是没有这些能理解我的狗，我要怎么办？"

"你宁可没命也要选择语言？"赫尔墨斯问，"想想看，要是你死了，你讲话的方式也就和你一起消失了。你现在必须醒过来，普林斯。我在这里的时候，没有人能看见你或听见你的声音，但是你时间不多了。来吧。"

接着是普林斯这辈子最为诡异的一段经历。他不知道自己是醒着还是在做梦。那只陌生的狗呼唤着他鲜为人知的名字，他第一个主人叫他的名字：普林斯。他和赫尔墨斯一起在梦中看着他自己站起来。他看见弗利克、弗拉克和马克斯过来找他。他们从他前面,从他旁边经过,差点就要穿过他的身体。他差点儿克制不了自己,很想大声吠叫,让他们知道他就在那里,好像这一切是一场游戏。但他没叫。他跟着赫尔墨斯走出狗窝,来到高地公园。在这里,他突然完全清醒过来。而赫尔墨斯已经不见了。

普林斯猛然以为自己还在做梦。他想去看看自己是不是还在灌木林里睡觉,身旁放着他最喜欢咬的那只鞋子。但就在他走回狗窝的时候,马克斯、弗利克和弗拉克却在往外跑。普林斯马上蹲下来,夹着尾巴,耳朵往后。那几只狗没看到他。他们跑掉了,但是他们浑身散发的恶意让普林斯相信,无论是不是做梦,赫尔墨斯告诉他的都是事实。那三只狗是凶手。当他确定他们看不到他了之后,他在惊惶、恐惧与黑暗里开始了逃亡。

跑出灌木林的三只狗冲出去找阿提克斯。他们一致认为,应该合力对付马济努。因普林斯神秘失踪而沮丧的马克斯、弗利克和弗拉克现在最想做的,莫过于把那条大黑狗活活咬死。他们急匆匆跑向池塘,活像欲火焚身地冲向一只母狗一般。阿提克斯说他会在池边。

和马济努耗在一起的时间里,阿提克斯很不舒服。不舒服是因为他了解马济努,而他不得不除掉这只狗,这让他觉得很遗憾。如果情况允许,他应该会很欢迎马济努留在狗群里,但是事到如今已成定局。大部分时间,他都暗自为即将发生的事情找寻合理的借口:狗群需要团结,而团结意味着全体必须以相同的方式理解世界,就算不是理解整个世界,至少也得对规则有共同的认识。但马济努拥抱新的思考方式、新的语言。这狗和他们不是一伙的。

"黑狗,"阿提克斯说,"有比归属感更重要的感觉吗?"

"没有。"马济努说。

"但是,"阿提克斯说,"我有时会担心自己再也不知道归属感是什么样的感觉,担心我再也不知道身为狗群里的狗是什么滋味了。黑狗,你的思考方式,是一片没有尽头的死寂原野。打从变化发生的那天开始,我就孤零零守着这些我不想要的思想。"

"我理解,"马济努说,"我也一样。但是我们必须承受,因为我们无法摆脱我们自己内里的东西。"

"我不同意,"阿提克斯说,"要和其他狗在一起就意味着要摆脱自己。没有别的路可走。我们必须回到原本的生活方式。"

"要是我们可以回到以前的话。"马济努说。

就在这时,弗拉克、弗利克和马克斯出现在他们身边。马克斯说:

"那条大母狗死了。"

"怎么回事?"马济努问。

"被我们的同类,一整群狗攻击。它们现在就在我们的窝附近。"

"多少只?"马济努问。

"很多,"马克斯说,"但是没我们多。"

"我们必须保护自己的家。"阿提克斯说。

弗利克和弗拉克跑在马济努前面,马克斯和阿提克斯在他左右。跑到离灌木林不远处,领头的两兄弟猛然转身,毫无预警地开始攻击马济努。马克斯和阿提克斯立刻加入。这些狗动作敏捷,毫不留情,虽然马济努试图找地方躲,但他们还是困住了他。他们四个一起咬马济努,牙齿咬进他的侧腹、脖子、腿腱,以及他的肚子和生殖器。如果是白天,看见马济努的鲜血,这几个共犯想必会很满足。那鲜血的味道、那因大开杀戒而飙升的肾上腺素如此醉人,定会让他们更觉刺激。

如果此刻是白天,而且他们没那么兴奋的话,应该会确定马济努已经死透了才罢休。但是没有。等到他不再抵抗，身体一动不动地瘫在地上，他们便不再攻击，留他在那里等死，他们则回到灌木林去展开新的生活。而新生，其实是留恋旧生活的新生。

马济努与班吉

马济努醒来时，发现自己在一幢飘着花生酱与煎肝味道的房子里。他躺在一只藤篮里，篮中铺着橘色的厚毯子，闻起来有甜甜的肥皂香与人类的气味。他想动一动，却发现动不了。太痛了，而且挺尴尬。他腹部的毛被剃掉了，裹着白色绷带，闻起来有油味、松木味和某些无法辨别的味道。他的脸很痒，但是头上套了个塑料锥：窄的那头有个洞，正好卡在他脖子上，宽的那头往外扩开，宛如扩音器。就算他想抓脸也办不到。他四条腿的毛全被剃掉了，又扎上了绷带。他扬起头，好看清自己身在哪里，但还是什么都看不出来：一个带窗的白色房间，窗外的天空很亮、很蓝。

他猛然回忆起遭到攻击的时候，那么历历在目，使他倍感痛苦，当时他以为自己跌进了永无止境的黑暗里。他们放开他时，他想到了死亡，以为自己的死亡已经来临。这个白色的房间似乎是他仍然活着的明证，但出乎意料的是，他竟然很失望。在经历了这一切之后，活着还有什么意义呢？

马济努想知道自己身在何处，于是努力把头抬得更高一些。他试图叫出声，但是发出的声音低沉、微弱，而且开口叫很痛。然而，他还是尽可能小心翼翼地叫着。

背后响起砰砰的脚步声。

"他醒了。"有人说。

一个男人的脸遮住了视线中的房间。

"你还好吗？"男人问道。

一张女人的脸把那男人的脸挤出了马济努的视线。

"你真走运！你真是太走运了！这个幸运的小子是谁啊，嗯？这个幸运的小子是谁啊？"

"我想他应该得有好一阵子站不起来，"那个男人说，"他会不会饿了。"

饿是马济努很熟悉的字眼。他用自己的语言，咔嗒牙齿，哀鸣，虚弱地哼叫出代表他真的很饿的词汇。

"我知道你很痛，孩子。先别太激动哦。"那女的说。

接着，她对那个男的说：

"我想他虚弱得没办法吃东西。"

"你说的或许没错，"那男的说，"但是我们姑且试试吧。"

那男的离开房间，又端着一个盘子回来。盘子里装的是白米饭和切碎的鸡肝。他把盘子摆在马济努面前（那味道简直是上天的恩赐啊！），解下塑料锥，看着马济努虚弱地挨近盘子——没坐起来——用舌头斜斜一舔，卷起了一口食物。

"我想是我错了，"那女的说，"他真饿了。"

"你何不给他取个名字？"

"你觉得我们应该收留他？"

"有何不可？等他好起来，白天就可以陪你啦。"

"好啊。我们叫他吉姆老爷①如何？"

"你要用世界上最无聊的书给他取名字？"

"如果我真想这么做，就会叫他金钵②。"

听着这两个人发出的声响，马济努记起了人类的声音带来的结果是多么不可预测。他以前和主人一家住在一起的时候，那些人会弄出各式各样的声音，但没有哪个声音和他有关系。然后，在这些无关紧要的声音之中，会突然发生一些

---

① 《吉姆老爷》（*Lord Jim*）是英国小说家约瑟夫·康拉德（Joseph Conrad，1857－1924）的小说，曾被改编成电影。
② 《金钵记》（*The Golden Bowl*）是英国小说家亨利·詹姆斯（Henry James，1843－1916）的小说。

重要的事情：比方说有人唤他的名字，然后他留着待会儿再吃的食物就会被端走；或者门铃响了，有人大声嚷嚷，而他，唯一在意谁闯进他们地盘的他，不得不对着入侵者吠叫，或扑上前去，以便确定对方会乖乖听话，不会对他们造成任何威胁。

吃着米饭和鸡肝的时候，马济努一直留意那两个人，准备在他们弯腰来收盘子时，吃得更快一些。

"你胃口真好啊！"那女的说，"真是只好狗狗！"

然后，筋疲力尽的马济努躺回藤篮里。他任由那男的用臭臭黏黏的东西擦他，帮他重新套上塑料锥。他们一离开，他就睡着了。

过了六个月，马济努才能一次站个几分钟。虽然站得起来，但腿腱伤得很重的那条后腿还是没法使力。很长一段时间，他基本上就只有三条腿能用。而且，他不能到屋外拉屎撒尿，实在是莫大的羞辱。更糟糕的是，这两个人还给他穿上了纸尿裤。他们会定时帮他更换，但总是不如他所希望的那么频繁。

在休养的那几个月里，他整天无所事事，只能躺在自己的床上思索生命：他的生命，以及普遍意义上的生命。这样的思考让他心痛，因为他的思绪会不可避免地回到他惨遭背叛的那个晚上。他被那条垮脸狗背叛了。他掏心掏肺，竭力想表达出内心的兄弟之情，结果呢，那只垮脸狗却企图伙同其他狗杀死他。然而，马济努偶尔会想，其他狗攻击他是有理由的。他已经偏离自己的本性太远，甚至连他自己都不太清楚，他到底还配不配当一只狗。

好几个月以来，能让他不再沉湎于这些痛苦思绪的，唯有这两个人。他们既令他着迷又让他沮丧。若是叫他描述一下，他该怎么说这两个人呢？他该从何说起？比如，该如何定义他们的气味？很复杂：食物，汗水，夹杂着某些不可捉摸的特殊味道。这些味道都不寻常，但是他最喜欢的人类身上的味道，是他们交配时散发出的。那气味强烈、真实，而且很舒心，所以某些夜晚，他们把他的篮子搬进他们卧室之后，他睡得更加安稳。他们交配时的气味简直像镇静剂。

然后，他也慢慢学会了他们的语言，而且远远超过了入门水平。首先，他注意到了语气的微妙变化。例如，一个人对另一人提高音调说话时，在对方做出回答之前，你就可以察觉到那种期待。语气声调似乎比言辞本身更重要。他们提高音调对他讲话的时候，他总觉得有点奇怪，他们仿佛等待他回答，仿佛期待他听懂。

"你饿了吗，吉姆？"

"想到外面去吗，吉姆？"

"吉姆冷不冷？你冷吗，吉姆老爷？"

事实上，正是马济努对人类声调语气的着迷，让他头一次和这女人发生了令他困窘的意外。他大部分时间都和她待在一起。看来在那个男人和他之间她似乎更喜欢有他做伴，她把他的篮子从卧室搬到了有张大书桌的房间里。她很多时间都耗在书桌上，只是偶尔站起来伸伸懒腰，和他说几句话，或者去厨房拿杯水。一天，她从书桌旁站起来，伸了个懒腰，绕着他的篮子转了转，摇了摇他的头，说：

"你饿了吗，吉姆？要来点美味吗？"

马济努想了想，说：

"好。"

虽然好这个音很难发出来，但他偷偷练习过，也练习了不和其他几个重要的词。他也练习点头表示同意，把头从左摇到右表示不赞成。当这女人问他要不要来点美味的时候，他并不确定怎么做比较有效，不确定是要点头还是开口说"好"。说了"好"之后，过了好一会儿，他还是很不确定，因为那女人僵住了，一动不动地盯着他。她的反应让马济努很困惑，他看着她的眼睛，点点头然后又说：

"好。"

这女人变得呼吸急促,然后跌倒在地上,好几分钟一动也不动。马济努不确定她期待自己怎么做,他从没碰到过有人突然一动也不动的情况;他低下头,舔着脚上的毛,等着看接下来会怎么样。过了一会儿,这女人动了动,嘴里含含糊糊的不知在自言自语什么,然后她站了起来。马济努想,她也许是不确定自己有没有听懂我的意思。他仰头看她,点点头,说:

"美味。"

这一次,她大叫一声,惊恐地冲出房间。马济努这时发现,他原以为相当直截了当的交流——提高声调,准确回答——比他预想的要复杂。可以肯定的是,当那个男人说好或美味时,这女人绝对不会从他身边逃开。他想,说不定是他听漏了某些微妙的附带声音:舌头轻轻一咂、低声哼鸣,或是微微的咕哝。他想不起来是否听过那男的发出这些声音。那男的在说这些话的时候,顶多把手臂环在她肩头。也许,在回答"好"之前,应该先碰碰她的。

下一次,马济努想,要是她挨近我,我就碰碰她的肩膀。

然而,接下来的情况不太妙,在很长一段时间内都不会有所谓的"下一次"了。他开口讲话的后果很清楚:那女人现在很怕他。他在哪个房间,她就不进那个房间。接着那男人把马济努带到另一个地方过夜。隔天,马济努全身被戳戳弄弄,打了针,喂了味道不太对劲的食物,关在笼子里观察,笼子旁边是一些闻到他的气味就露出凶相的狗。这就是人性,这种反复莫测,这种残忍的行为与欺凌。最惨的是,他现在太虚弱了,根本无法打开自己的笼子。他别无选择,只能认命。

整件事虽然始料未及,却给了他很好的教训。此前,如果能学会猫、松鼠、鸟或老鼠的语言,他几乎确定无疑会尝试与它们交流。他也许会尝试与任何物种交流。然而,从那一刻起,他下定决心在人类面前隐藏自己懂得人类语言的事实。很显然,不管基于什么理由,人类就是接受不了狗和他们讲话。

第三天,那女人自己来找他了。

那时马济努正要睡觉,其他狗也已因厌倦而不再威吓他,房间门突然打开,那女人走了进来。为她领路的是之前压住马济努,让一个白衣男子给他抽血的男人之一。那人打开他的笼子,马济努不慌不忙地跟着女人出去了。

一来到街上,马济努脑中便闪过逃跑的念头。夜晚即将到来。已是春末,太阳还没完全西沉,远方的建筑上有一抹红色。但是,当然,马济努跑不了,因为他的伤还没完全好,一跑就痛。他根本跑不了多远，只会把自己累得精疲力竭，或者更惨，在一片不熟悉的地域迷失方向。于是，他爬上了车子的后座。

那女人没坐到驾驶座上，反而和他一起坐进后座。

"很对不起，把你送到那个地方，"她说，"可是你吓坏我了。你懂吗？"

马济努接受任何可能发生的事情，但下定了决心不再讲人话，所以点了点头。

"你到底是什么？"她问，"你是狗吗？"

这个问题有点意外，很难回答。他觉得自己不太像是一只狗，仿佛漂泊于不同的物种之间。但他知道她话里的含义，所以又点了点头。

"你必须明白，"她说，"狗是不会对人讲话的，据我所知从来没有过。我以为你是被鬼附身了，所以我才会那么害怕。你叫什么名字？"

这个问题马济努不愿回答，不只是因为以前的主人为他取的这个名字他很难念出来，也不只是因为他决心不再讲人话了，还因为他觉得自己似乎已经没有真正的名字了。他盯着那女人，摇了摇头。

"我叫妮拉，"她说，"我可以叫你吉姆吗？"

这是个无法回答的问题。马济努不确定妮拉想知道的是什么。他是否接受"吉姆"这个名字？接受啊，为什么不接受？想到她要用"吉姆"这个名字来叫他，他会不会不开心？不会，他不会。他盯着她，揣测着最合适的答案，然后点点头。

"你不会再和我讲话了，是吗？"妮拉问。

又是一个难题。他不打算使用人类的语言，但对他来说，他现在就在和她说话。这次，他没回答。他转向车窗，望向马路另一侧被灯光照亮的公园。

"没关系，"妮拉说，"是我不好。你不想说话可以不说。"

在马济努再次开口之前，他们在一起的所有时间里，妮拉都没要求他讲话。事实上，她越来越钦佩他的沉默。马济努很少吠叫。使用他知道而妮拉不懂的语言，在他看来一点意义也没有。仅靠点头和摇头，他就能让妮拉了解他所有的需要与他大部分的想法。他们越是亲近，妮拉需要他做的就越少。她学会了判读他的表情，他的身体动作，他的偏头角度。

然而，在他们两一起坐在本田思域后座的那个时刻，还看不太出来他们之间会培养出任何类似"理解"或"友谊"的情感来。妮拉还是很怕马济努。没错，他的脚还是跛得厉害，没办法走太远，不时得停下来躺一会儿，他的行动不便唤起了她的同情。这也是当初他们在高地公园发现他奄奄一息的时候，会把他带回家的原因。但是想到一只有智力的狗在他们家里，想到自己曾让这只生物进入她的卧室，进入她最私密的个人生活……想到这里，她觉得又丢脸又害怕。她花了好长时间才摆脱这些感觉。自此以后，马济努再也没睡在她的卧室里，而她只要碰见他舔自己的生殖器，就觉得很不好意思。

把他们俩系在一起的，是马济努那格外有深度的沉默。那是种有繁复层次的、引人回应的沉默。起初，妮拉对他讲些琐碎的事：工作，房子翻新，和丈夫米格尔生活中的一些小风波。慢慢地，她开始倾诉更为深入的东西：她对生与死的看法，她对其他人的感觉，她对自己健康状况的担忧——她得过癌症，虽然痊愈了，却还是不时担心会复发。

虽然马济努既不比她聪明也不比她敏捷，但妮拉相信，他在这世上所拥有的独一无二的优势，赋予了他某种智慧。但她却很少想到，马济努的这种优势同时也限制了他想象或理解她的忧虑的能力。比如，当她埋怨丈夫无比邋遢，有咬自己剪下的脚指甲这种很恶心的习惯时，马济努就盯着她看，完全无法理解。在他看来，米格尔用这种方法打理自己的外表，没什么问题。他纳闷，难道是她自己想咬米格尔的脚指甲？

又有一次，当时他躺在自己的藤篮里，她问道：

"你相信上帝吗？"

马济努以前从没听过这个词。他歪着头，仿佛要她再问一遍。她竭尽所能地解释这个词背后的概念。在马济努听来，这个词好像指的是"所有主人的主人"。他相信有这种存在吗？他以前从没想过这个问题，但他认为有可能有这种存在。所以，当她再一次问这个问题的时候，他点点头表示认同。这不是她想要的答案。

"你怎么能相信这么荒谬的东西？"她问，"我猜你相信上帝是一条狗？"

马济努才不相信这种事。他只是相信妮拉所描述的"上帝"是有可能存在的，就像他相信母狗有可能永远处在发情期一样。"所有主人的主人"是一个概念，但是是一个和他自身没有关系的概念，所以他不理解妮拉的轻蔑。他们谈起"政府"（一群主人决定整个群体应该有怎样的行为）和"宗教"（一群主人决定整个群体应该对"所有主人的主人"表现出怎样的行为）的时候，也有类似的误解。妮拉对这些事情谈得越多，马济努就越难相信有任何一群主人，特别是人类，可以采取一致行动，无论目的与结局如何。所以，"政府"和"宗教"都变得像是非常不好的概念。

而对他们俩来说最沮丧的时刻，大概是妮拉问他有没有爱过其他狗的时候。就像对上帝这个词一样，马济努对爱一点概念也没有。妮拉花了好几天的时间，尽最大努力，想让他了解"爱"的含义，但是马济努觉得她的解释前后矛盾，语意不清，很难理解。这个字所代表的情感，他无法辨识，但是她的想法很有趣，持续地吸引着他。就妮拉来说，她确信像马济努这么敏锐的动物，一定感觉到了爱的存在。

"你对你妈妈的情感，"她说，"那就是爱的一种。"

但是就算马济努知道自己的妈妈是谁，他们相处的时间也必定短暂得无法激发出任何特殊的情感。马济努也没有其他可能爱上的对象了。他的主人？他的主人就只是主人，对主人忠心，只是出于习惯、恐惧，或者需要。当然，马济努还是只小狗的时候，过得很开心。他很感谢他的主人。一想到他，马济努就想起那些在空地上追着球跑的愉快无忧的时光，那无法言喻的喜悦。但是提到主人，马济努的情感要比"爱"来得更复杂、更黑暗，包含了怨恨和讨厌。不，如果非得选一个人类的词来形容他对主人的感情，马济努会选忠心。（正因如此，虽然觉得自己无名无姓，但他还是更喜欢妮拉叫他"马济努"：这是主人为他取的名字。）

至于对其他狗，他都没有感觉到像"忠心"这么复杂的情感，更别说妮拉试图描述的那种感情了。在马济努看来，他和其他狗的关系，大多数时候一点都不复杂。有他可以驾驭的狗，也有他驾驭不了的狗。要是有其他狗想咬他，或在他不想要的时候上他，那最好的做法是把自己的感觉传达得清楚明白，易于理解。

一段时间之后，马济努开始确信，妮拉谈到"爱"的时候，谈的是某种过去和未来都始终在他理解范围之外的东西。有一天，她说：

"米格尔是我的伴侣，我爱他。"

马济努对这个话题厌烦透顶，再也提不起兴趣。为了让妮拉别再谈"爱"，当她问他是否理解时，他点头表示："是"。然而他们俩都知道，他在骗她。（马济努其实是个不太高明的骗子，撒谎的时候会表现出反常的热情。）这是他们俩之间的一个痛点。

妮拉和马济努碰上"爱"这个难题的时候，时间已经过去了八个月，已经有千丝万缕的亲密牵绊将他们紧密地连在一起。她知道他喜欢吃什么。他懂得不在她工作的时候打扰她。他尽力帮她维持家里的整洁，弄清楚东西去了哪里，尽可能把它们摆回原处。她会检查马济努最喜欢咬的玩具状况如何，只要发现旧玩具损毁厉害，就买新的。换句话说，他们在一起的第八个月，妮拉和马济努已经成了好朋友。

同时，经过了这八个月，马济努走起路来也没么痛了，如果有必要，还可以跑上一小段。伤得最重的那条腿的肌腱也恢复得很好，但他还是尽量不把全身的重量都压在那条腿上。他身上的绷带早就拆掉了，除了右耳之外——马克斯咬掉了他的右耳耳尖——他看起来和正常的贵宾狗没什么两样。

米格尔建议，既然马济努已经好多了，妮拉和马济努应该一起出门散步去更远一些的地方。他建议他们去高地公园走走，但这个建议当然很不合适。虽然妮拉没有向丈夫隐瞒马济努的敏感，而且米格尔也常目睹他们俩之间独树一帜的闲聊，但他并不相信马济努和妮拉，或者妮拉和马济努，可以通过任何有深度的方式交流。他的想法是，马济努听得懂几个词，除此之外，就只是随意点头或摇头而已。妮拉第一次惊恐莫名地告诉他狗对她讲人话时，他哈哈大笑，笑得不能自已。在他看来，狗与人交流这种事，是妮拉的"格兰诺拉麦片[1]和现代巫术"倾向的一种写照，正因为她有这样的

---

[1] 喻指健康饮食。

倾向，才会去看玛丽·戴莉①的书，去尝试同性恋，高谈她阴道的神圣性。当然这只狗是很聪明，但不是人类的那种聪明，他没有强大的记忆力和开口讲话的能力。所以，米格尔丝毫没有考虑到高地公园将会引发的复杂情绪。

与高地公园相连的问题，有些很微不足道，有些则会带来沉重的心理压力。小事包括：妮拉不知道该怎么处理狗绳的问题。公园有大片区域规定绑狗绳的狗才能进去。她觉得这样等于把马济努降格成……嗯，一条狗。在这个问题上，马济努没有什么意见。戴上项圈并不会让他觉得丢脸，但是他也很清楚，一旦被绑住，万一有不怀好意的狗前来挑衅，他显然会屈居劣势。所以他俩讲好，他戴上绿色皮项圈，绑上一条细绳。只要轻轻一跳，绳子就会断掉，马济努就可以坚守阵地，捍卫自己。

（当然，狗绳的问题也引发了权力的问题。权力让妮拉觉得很不自在，就算只是做做样子而已。有一天，她问马济努，如果他们的位置对调，他会不会给她系上绳子。他回答"不会"，妮拉心里更不自在了。但是马济努其实是误解了妮拉的问题。如果她问：

---

① 玛丽·戴莉（Mary Daly, 1928 – 2010），美国神学家、哲学家、激进女性主义者，倡议基督教进行内部改革。

十五首
献给狗的诗

André Alexis

Fifteen Dogs

马济努

山坡上绿草湿润。
天空无边无际。
正午又来到了
等着主人玛琪
的狗身边。

The grass is wet on the hill.
The sky has no end.
For the dog who waits for his mistress,
Madge, noon comes again.

Majnoun

贝拉

山的那一边，有个主人
知道我们秘密的名字，
以铃声和骨头，
召唤我们回家，
冬日，秋季，与春天。

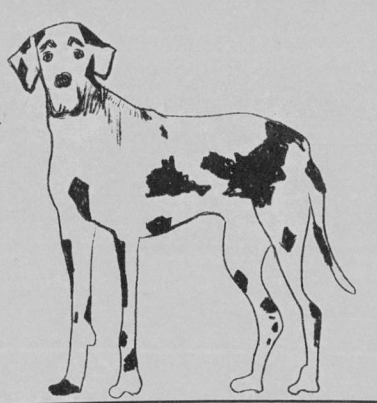

Beyond the hills, a master is
who knows our secret names.
With bell and bones, he'll call us home,
winter, fall or spring.

Bella

萝西

移动的光不是光,
留驻的光不是光,
真正的光在无数睡梦前即已升起,
升起,在群鸟之口。

The light that moves is not the light.
The light that stays is not the light.
The true light rose countless sleeps ago.
It rose, even in the mouth of birds.

Rosie

道基

天空在世界之上移动不歇！
大地的皮毛更换不断。
一切都让挖埋骨头的狗儿心神分散，
他将意犹未尽地游荡。

How the sky moves above the world!
How the ground's fur is changed.
All to distract the dog with bones,
buried or dug. He will wander unsatisfied.

Dougie

雅典娜

我们往草原进发，
穿越经年累月的冬草，
走过伊娜所走的路。
她的名字久已消逝，
但她的路亘古长存。
大地永不忘怀。

We bound into the prairie
through ages of winter grass,
taking the path Ina took.
Her name long gone,
though her roads linger.
The ground will not forget.

Athena

普林斯

渴望喷射(绿蛇
在主人手中扭曲),
在水流之中来来去去——
跳跃,洗涤:沾满肥皂的光亮外皮。

Longing to be sprayed (the green snake
writhing in his master's hand),
back and forth into that stream —
jump, rinse: coat slick with soap.

prince

阿提克斯

在阳光普照的世界，
小东西们移动如此之快，
我躲开阳光，
在阁楼里咒骂黑暗。

In the sunny world, with its small

things moving too fast,

I shy away from light

and in the attic cuss the dark.

马克斯

树叶,奔跑如鼠,
在鸟儿轻啄地面之际。
木头在垃圾箱里腐烂,
狞笑的斧头砍来。

The leaves, they run like mice,
while birds peck at the ground.
The wood has rotted in its bin.
The grim axe has come 'round

Max

莉狄亚

伸出一掌，试探
冬日池塘的边缘，
发现那水坚硬，
他前进，指尖滑动，
仍旧远离家园。

With one paw, trying

the edges of the winter pond,

finding its waters solid,

he advances, nails sliding,

still far from home.

Lydia

弗利克

猎狗期来临，我惶恐不安，
一面诅咒那些把我当作食物的人，
一面又做着黄包车和漆器的梦。

I am dismayed to be in season.
I curse men who think of me as food
and dream of rickshaws, and lacquered wood.

Frick

弗拉克

倘若瘦马吃光天空,
倘若文字从岩石涌出,
我的灵魂发条松弛,
生命在钟表里流逝。

If rackabones eat up the sky,
if words spring out of rock,
my soul will wind down
and life run out the clock.

Frack

罗纳迪诺

夏日烟雾弥漫,
草地无边无际。
越过青苔或水藻,
跪在小门廊的栏杆边,
命运悄然降临。

Summer is full of smoke,
and endless lawns. Quietly,
whether across moss or on algae,
knee over the railing of the little porch,
fate comes.

博比

脑中装着昨夜的垃圾
跑过灰眼的黎明,
那只棕狗狂奔
穿过有凹槽的大门,
鸟儿在世界之上歌唱
一片掉落的奶酪,
他吃过的烤肉串
和桌上所有的珍馐
都在等他回家。

Running through the grey-eyed dawn
with last night's trash in mind,
the brown dog scuttles
through fluted gates
while birds sing on above the world
about a bit of fallen cheese,
the shish kebob he ate
and all the vagaries of plates
that wait for him at home.

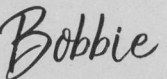

班吉

湖来到边缘，
当灯于湖湾亮起之际。
近处，牛肉焦香。
步道上烟雾缭绕。
我吃过了黑里浮出的绿，
从热泥里站起后打着冷颤。
我舔着脚掌，尝到鲜血。
这个谎言纷乱的世界怎么了？
城市的精灵喂食苍蝇！

The lake comes to the fringe
while lights go up around the bay.
Somewhere near, cow flesh is singed.
Smoke floats above the walkway.
I've eaten green that comes up black,
risen cold from torrid mud.
I've licked my paws and tasted blood.
What is this world of busy lies?
Some urban genie feeding meat to flies!

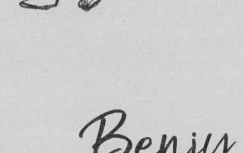

阿加莎

双眼紧闭，手指漆黑的
来者何名？
他拉开帘幕，
在黎明到来之时，
是以"塔纳托斯"为名，或即称"死亡"？
我何时才知晓是哪一个名字？

What is the name of he who comes
with eyes closed and fingers black,
the one who draws the curtains back
when dawn has come?
'Agha Thanatos' or just plain 'Death'?
When will I know which is right?

Agatha

"主人们一致认为,宠物应该绑上狗绳,戴上项圈。如果你是主人,会不会给我绑上狗绳?"

马济努一定毫不迟疑地点头表示:"会。"如果她是他的宠物,他当然会依照惯例来对待她。群体的秩序有赖习俗的维系,就马济努看来,推翻运行良好的惯例没有什么意义。但是,他是从更实际的层面来理解她的问题的。他想到的是,他用嘴巴衔着绳子,牵着手脚并用在地上爬行的妮拉,那该有多尴尬啊。既然他这样理解这个问题,唯一可能的答案当然是:"不会。")

另一个小问题和人有关。到公园来的人形形色色:各种身份、种族和性别的人都有。马济努举止特别,总免不了有人会问妮拉,可不可以摸他或喂他吃东西——干巴巴的小饼干,马济努觉得大部分饼干都甜而无味。妮拉原以为,马济努应该不会介意其他人对他表露喜爱之情。所以当她发现情况恰恰相反时,她觉得很意外。对于谁可以摸他,马济努是非常挑剔的。妮拉会说:

"不,他不会咬人的。"

或者:

"当然,我想他应该不会介意有人拍拍他的。"

起初几次,他一动不动地站着接受抚摸。接着,仿佛毫无来由地,他就觉得自己受够了。有个较年长的妇人走过来,问可不可以摸摸他时,他摇头表示:"不。"她靠近的时候,他闪开来,不让她碰他。

"对不起。"妮拉说。

那妇人走开后,妮拉对马济努说:

"我不知道你反对。你不喜欢别人摸你?"

马济努摇摇头,你一定会想,事情就这样过去了。并非如此。自那以后,马济努自己决定谁可以摸他,他乐意接受抚摸时就点点头,不想要时就摇摇头。

当有人问妮拉:

"我可以摸摸你的狗吗?"

她回答说:

"你得自己问他。"

有人问他时,马济努要么就点头表示"好",陌生人便会喜滋滋地接着问:

"你是怎么教会他这么做的?"

他要么就摇头表示"不好",陌生人也还是会喜滋滋地问相同的问题:

"你是怎么教会他这么做的?"

不管是哪一种情况,妮拉对这个问题的回答都是耸耸肩。

她怎么也搞不清楚马济努什么时候会回答好，什么时候会回答不好，她猜他是随机决定的。他的决定并非随机，只不过他的标准恰好超出了妮拉所能理解的范围。首先，马济努不喜欢味道不好闻的人摸他，换作人类，那样等于和手指沾大便的人握手。其次，更微妙的是地位的问题。善于辨别支配关系的他，一眼就能看出哪些人表现出了一副自以为可以指挥妮拉的神气，比如他拒绝的第一个人，那个老妇。这种神气表现在那个老妇的语气、劲头和气质里。马济努无法忍受他的群体（他的群体指的是他自己、米格尔和妮拉）之外的任何生物拥有比妮拉更高的地位，他拒绝让那些轻视她的人（不管他们是多么无意或无心）摸他。

然而，说到底，高地公园最复杂、最严重的问题在于这里对马济努的心理影响。这是他差点丧命的地方。所以，很自然地，一起去之前，妮拉曾问他想不想回高地公园。"高地公园"这四个字对他来说没有任何意义，但她想办法让他明白，那就是她和米格尔发现他奄奄一息、几乎没命的地方。她担心回忆起那个创伤会让他很不好受。但是马济努想回去。而当他们回去之后，大大出乎马济努意料的是，他竟然痛苦万分。自己差点被杀死的回忆令他深感屈辱和恐惧。妮拉刻意避开了她和米格尔发现他的地方，但并没有多大影响。马济努很熟悉这个公园：这里的气味、这里的草地、这里的山坡、这里的喷泉、这里的道路、这里的动物园、这里的餐厅和垃圾桶，走过这个曾是他领地的地方，他心如刀割。

然而，虽然这里是他的悲痛之地，马济努还是需要高地公园。

有一天，妮拉为了让他不再伤心，带他去了特里尼蒂－贝尔伍兹公园。马济努四下张望了一下，就自己走回了他们的车上，等待妮拉带他到他想去的地方。他无法讲出口的是，他需要找到他以前的狗群，或是狗群中幸存的狗。基于某些他自己也不明白的理由，一想到自己可能是这群狗中唯一存活的一只，他就难以忍受。这种感觉超越了孤独。是凄凉。在高地公园的时候，马济努既担心，又很希望碰见狗窝里的旧时伙伴。

马济努最后终于碰见班吉，你绝对想不到这只狗可以逃脱阿提克斯的魔掌。但是班吉有着马济努无法看穿的足智多谋和狡诈。只要对自己有利，他随时可以漫天撒谎。他是个逢迎拍马的墙头草，自私、残忍、敏锐。他能迅速解读情势，立即判断出站在冲突的哪一方对他来说最有利。他也有弱点，但他的直觉向来很准确，几乎从不出错。

两只狗碰面纯属巧合。马济努不喜欢走狗主人和宠物狗专用道。这条路位于低缓山坡间的洼地和狭窄的谷地中，在这条路上，狗可以不系狗绳奔跑。如果碰上斗性很强的狗，它们会直接冲向马济努，毫无预警地展开攻击。然而，马济努把自己保护得很好。受到攻击的时候绝不能手软，这是他从阿提克斯、马克斯、弗利克和弗拉克身上得来的教训。他有好几次把袭击他的狗伤得很重。比如，有一回他咬穿了一只罗威纳犬的喉咙。他静静坐着，在那只狗跃向他的一瞬间，狠狠攻击那只狗的腹部。罗威纳犬的主人气急败坏地跑过来保护他的狗，但那时那只罗威纳已经吓得半死，血流不止。马济努谨慎而警惕地坐在妮拉身边，听着人类朝彼此咆哮。

在某种程度上，来自其他狗的攻击对马济努也是有益的。他不怕那些来找他麻烦的狗，而且随着一次次胜利的累积，他的自信心也日益增长。然而，他不喜欢伤害其他的狗，所以他和妮拉避开那个不必绑狗绳的区域。你一定认为马济努以前的那些同伴也会避开这个区域，因为他们不想引起人类或其他狗的注意。但是班吉和马济努偶遇的地方，却是在沿着那条专用道蜿蜒流淌的小溪旁，就在横跨小溪的第一座小桥附近。

马济努会来到这里，其实很顺理成章：妮拉又谈起某个远方的政府，他听得心烦意乱。马济努被救回家已经是一年多以前的事了,时值冬日,因为蒙上了一层白雪,这世界的气味变得没那么强烈。于是,马济努(和妮拉)悠悠晃晃,不知不觉就来到了这个区域。但是班吉来到此地,则是拼死一搏的结果。他在逃命,四条短腿铆足全力往前跑,想逃离一只凶狠的大麦町犬①。

班吉先看见了马济努,用他们共同的语言朝他呼喊:

"黑狗!黑狗,救我!"

马济努抬头,看见班吉半跑半滚地从山坡下来。

马济努想也没想,立即出手帮这只比格犬。妮拉吓了一跳,因为马济努站在比格和大麦町之间,吠叫咆哮,露出一副凶狠残暴的模样。那只大麦町考虑着要不要和马济努一较高下,但是此刻他面对的情况超乎他的理解:这两只感觉不太像狗的狗,显然是徒有犬类外表的异类。大麦町以出乎意料的优雅姿态,回到了山坡上。

"吉姆,"妮拉说,"你在干吗?"

马济努不理她。他等着跑得气喘吁吁的班吉喘过气来,而后说道:

"你是我们狗群里那只长耳朵的小狗。"

---

① Dalmatian,又称斑点狗,一种中型犬,奔跑速度很快。

"没错,"班吉说,"我就是那只狗。我跟你讲啊,黑狗,这些日子以来,我被上的次数比发情的母狗还要多得多。

接着,班吉改变话题说:

"你找到新主人了?这主人看起来不凶。她会打你吗?"

"不是主人,"马济努说,"她是和我住在一起的人。她不打我。"

"那么你离开我们之后,运气还不错。真希望当初你和那只讲话奇奇怪怪的狗带我一起走。"

"他们把我咬得奄奄一息,丢在那里等死,"马济努说,"不是我自己要走的。"

"我就是这样想的,"班吉说,"其他狗都相信你和那只古怪的狗出走了,可我不信。黑狗为什么要离开他的狗伴们,我问。"

"其他狗呢?"马济努问。

"说来话长,"班吉说,"而且我饿了。"

班吉转头看看妮拉。他突如其来地开心吠叫几声,在雪地上打起滚来。

"你在干吗?"马济努问。

"人类喜欢这样啊,"班吉说,"你不会这么做吗?这是一个弄到食物的好法子。"

"其他狗呢？"马济努又问了一遍。

班吉再次开心地吠叫，在雪地上打滚。

"别闹了，"马济努说，"她不明白你的……"

然而，妮拉确实似乎明白了。她一直兴致盎然地看着他们两个。她第一次听到马济努的语言，她认为这才是他真正的语言：急促的短音，低沉的嗥叫，粗暴的吠叫，叹息，哈欠。完全无法理解。她能明白的仅是班吉愉快的吠叫和在雪地上的打滚。于是，她打断马济努，说：

"你朋友饿了，对不对？我们为何不带他回家，和我们待一阵子？我没带吃的东西出来，可是家里有的是吃的。"

马济努不由自主地恼火起来，但还是对班吉说：

"她说我们住的地方有吃的。"

"你听得懂人话？"班吉问，"我希望你教我。如果你教我，我就把你想知道的关于狗群的所有情况都告诉你。"

"我想知道什么，你就得告诉我什么，不然我咬烂你的脸。"马济努说。

可是马济努根本不擅长说谎，不管用哪种语言都一样，所以班吉一点都不担心。谎话高手班吉在阿提克斯、马克斯与弗利克和弗拉克两兄弟收拾完马济努之后，看见过他的"尸体"，既然已经见到马济努"死了"，他就一点也不怕马济努了。

他想，既然阿提克斯及其同伙可以打败马济努，他也一定可以智取这条黑狗。他干吗要尊敬一条已被证明不如阿提克斯的狗呢？

他欢天喜地地跟妮拉与马济努回家了。

妮拉刚放下一碗米饭和鸡肝，这只比格犬就吃了起来，一副生怕马济努也会来分一杯羹的样子。他已经好多天没吃过像样的东西了。他原本在布卢尔街上向人类乞讨，但运气不太好，于是又回到高地公园，搜寻埋在积雪下面的残羹剩饭，甚至还捕捉在这座狗公园附近的餐厅里出没的老鼠。

对没有主人的流浪狗来说，冬天不是好季节。大部分时间，班吉都在独自挨家挨户寻觅愿意收留他的人，做着人类喜欢狗做的事，他们的喜好神秘而难以理解：他翻滚，装死，坐起来，后腿站立（对他来说是很难的动作），乞求食物，偶尔还模仿人类的歌曲叫几声。想来，狗儿须得无条件地相信人类拥有智慧。他们擅长搭建房舍、烹煮食物，而这些都是班吉想从人类身上学到的。显然，如果他学会了人类的语言，一定可以更有效地获得这些技能。

"你知道的，"吃饱喝足之后，班吉说道，"我向来认为你是最聪明的狗。我确定这就是狗群头领想杀掉你的原因。"

"那只垮脸灰狗吗？"马济努问。

两只狗独自待在客厅里。妮拉觉得自己仿佛侵犯了马济努的隐私似的，留下他们独处。客厅铺着一张鲜红、淡褐与金色交织的鲜丽地毯，有一把扶手椅、一张沙发、一座假壁炉，还有临街的窗。马济努坐在沙发上，就可以看见窗外的世界。

班吉不理会马济努的问题。

"你学会了和人类交流，"他说，"我一点也不意外。如果你愿意把你会的东西教我一点，我就乖乖听你差遣。"

马济努看着窗外流动的世界：汽车、行人、其他的狗，以及一出现就让他忍不住低吼的猫。他知道，没理由讨厌这种可怜柔弱的动物，但是他控制不了自己，而且，他还常常沮丧地发现，实在很难压抑自己一看到猫科动物就要吠叫的冲动。班吉说"教我"的时候，正好有只猫从窗外经过，离他们的房子好近，让马济努不由自主地低吼一声。班吉以为马济努是在针对他，于是说道：

"我是无辜的。我没做什么对不起你的事。"

马济努离开沙发，窗口太容易让他分心了。他说：

"只要你告诉我其他狗的下落，我就教你讲人类的话。"

"其他的狗，"班吉说，"都死了。我曾以为我是我们狗群里最后一只狗了。

虽然班吉没必要隐瞒狗群里发生的事，但他很谨慎，不愿透露太多。主要是因为狗群走向穷途末日，他也难辞其咎，他不知道马济努如果得知内情，会有什么反应。所以，讲述事情始末时，班吉刻意不提起任何可能会让他自己难逃责难的细节，同时又到处加油添醋，美化自己。但是，不管是截头去尾还是加油添醋，他都没有隐瞒或扭曲阿提克斯大权在握导致的后果。班吉基本上说的是实话。

他是在雅典娜丧命时醒来的。他看见弗利克叼走她的尸体，又看着弗拉克叫醒贝拉，带她出去。贝拉的下场无须多想便能猜到。要思考的，是他该留下还是离开，这是她们的遇害迫使他不得不做的决定。如果弗利克和弗拉克想要大开杀戒，他们又有什么理由不杀他？对他们来说，他还比雅典娜更麻烦呢。另一方面，出走是一个想起来就心惊的念头。要是没有体形较大的狗来保护他，他的生活会变成什么样呢？他唯一的办法就是找个主人，但是人类很危险，他不想这么做。

雅典娜被杀的那个晚上，另一个清楚浮现的事实是：同谋的是哪几只狗。弗利克、弗拉克、马克斯和阿提克斯早就鬼鬼祟祟的，不时私下商议。所以，弗利克和弗拉克出去之后，班吉马上转头看马克斯睡的地方。他等待着。后来普林斯神秘失踪，他看见兄弟俩和马克斯悄悄在狗窝里四处搜寻。这几个同谋离开狗窝之后，班吉也跟着出去，来到远离灌木林的一棵树旁。他藏身的地方离狗窝够远，可以在一定程度上保障安全，但也够近，可以观察狗群的进出。就是在那里，他听见了马济努遭攻击时的恐怖喧闹。

这时，他心中的疑惑更深了。这帮狗对付马济努、贝拉、雅典娜和普林斯，到底出于什么逻辑？这四只被除掉的狗之间有什么关系？而对班吉来说，更重要的是，在这些阴谋里，他到底处在什么样的地位？他和被害者有没有关系？又或者他和这帮凶手是否有关联？

这帮共犯回灌木林之后，班吉跑到马济努旁边，觉得这只狗不管怎么看都像是死了，于是他在"尸体"旁边撒了一泡尿，留下记号，如此一来，如果其他狗把他的气味和这次暴力事件画上等号，可能就会怕他。之后，他虽然还是不确定该怎么做，但相信只要有必要，他随时可以远走高飞。班吉回到灌木林，意外的是，所有的狗都睡着了。他小心翼翼地回到自己原本躺着的地方，等待天明。

早上，新的命令伴随着阳光到来。狗儿们醒得很早，其中有两只——博比和道基——察觉到有点异样，却说不上来是怎么回事。

"那只大母狗呢？"博比问。

阿提克斯打了个哈欠，然后上下颚用力一阖，吠叫一声。弗利克和弗拉克就用鼻子把博比、道基和班吉推到了他面前。

"这是我最后一次用这种没用的语言讲话，"阿提克斯说，"那些不想和我们待在一起的狗已经逃亡了。那只大母狗死了。人类带走了她的尸体。我现在是狗群的首领。有谁反对吗？"

"你会是很棒的首领。"班吉说。

"不管棒不棒，我都要领导。想离开的现在可以离开。留下来的将会过像样的生活，过狗该过的生活。我们不需要为门和树取名字。我们不需要讨论时间、山坡和星星。我们以前不谈这些东西，我们的祖先没有这种语言也活得好好的。从今以后，除了我们古老的语言之外，谁用其他语言讲话，就要接受处罚。我们要猎捕食物。我们要划出我们的势力范围。其他的一切都和我们没关系。"

"我没办法制止言语出现在我脑海里。"博比说。

"那是无法制止的，"阿提克斯说，"但是留在心里别说。"

"要是我们不小心说了呢？"道基问。

"那就要接受处罚。"阿提克斯说。

在这样的情形下，他们干吗毫不顾忌地说出心里的话呢。

班吉忙着接受这一切。然而他想知道：他们为什么要因为讲话而被责罚呢？如果他们私下讲话，阿提克斯又怎么制止他们呢？首先。为什么会有这个禁令？他们的语言让他们拥有其他狗没有的优势。但班吉想了想，横竖就是这么回事，不管是因撒尿被人类揍，还是阿提克斯坚决不准狗讲话，对他而言没什么区别。最好让有权有势者为所欲为，然后趁机找出利己之处。

显然，那只橘色的母狗看待事情的角度和他不一样。

"我选择离开。"博比说。

"我们会帮助你离开的。"阿提克斯回答说。

仿佛早有预谋似的，这帮狗立即攻击这只橘色的母狗。他们下手残暴，而且，这只寻鸭犬的体形比他们四个都小，所以马上就被伤得很重。绝望的博比知道他们打算杀了她，哀声惨叫。那叫声好凄厉。她奋力跑出狗窝，但是那四只狗穷追不舍，边跑边咬她的腿。他们一直追到池塘那边，她虚弱地倒了下来。他们围过去咬她，直到她的身体不再动弹，鲜血在草丛上漫开。

（讲这一段给马济努听的时候，班吉尽量表情严肃，仿佛觉得这事太不公义。但事实是，他很钦佩这帮共犯。他到现在仍暗暗佩服这四只狗。他们敏捷而聪明，而且你不得不承认,"清晰"这一品质,不管有多么可怕,至少还是值得钦佩的,它甚至可以称得上是一种美,而他只能心向往之。从现实层面来说,那是像他这种体形和地位的狗永远都不可能实现的理想,清晰,是权力的展现。)

杀害那只橘色母狗是一个标志性事件。从那以后,全体狗都很清楚,阿提克斯是认真的,阿提克斯想做的,那帮共犯就会做。显然这帮同谋者是和他们不同的生物。他们的攻击又快又狠,是十足的犬类行为。值得钦佩啊,班吉想。但是他们之前先提出了可以离开这一选项:既然不是真心的,为什么要提出这样的建议呢?那只橘色母狗完全相信他们的话,他们却杀了她。为什么?班吉看不出杀掉她有什么好处。这只母狗丝毫不会造成威胁。就他看来,杀害她的决定有违常理。而且,正是这种有违常理,最终证明了这帮共犯的怪异。

就班吉所知,高深莫测的阿提克斯对狗群中其他所有的狗来说都是莫大的威胁。

另外,博比死后,他和道基显然就成了地位最低的两个。看来他们得去捡拾残羹剩饭,乖乖听命。这倒也不见得是坏事。要是可以换来有价值的东西,比方说,保护,乖乖听命是值得劳心费力的。然而,阿提克斯的统治会带来什么好处,还有待观察。

（死者多么快就被遗忘了啊。虽然原本是同一个狗群的伙伴，但不管是班吉还是马济努，都对博比没什么印象，只记得她有浓密的橘色毛发，身上总飘着松香味，甚至早在他们来到小灌木林之前她就有那种味道。一次，有条杂种狗突然冲出来攻击班吉，她还挺身保护他，只不过班吉已经不记得这件事了。临死之际，博比想象自己沉入了深水，那感觉带她回到小时候差点淹死的那一瞬间。她死得很痛苦，得不到慰藉。）

阿提克斯刚开始统治的那几天，狗群的生活极其怪异。道基一不小心讲了新语言，被咬得好惨。之后，道基和班吉就很小心，有其他狗在附近的时候，绝对不用新语言交谈。他们只吠叫。但这搞得他们不知所措。他们被迫模仿他们所记得的旧语言，他们是模仿狗的狗。如果是模仿给人类看，问题还少一点。大部分人类都无法区分善意的吼叫和预备发动攻击的吼叫。然而，阿提克斯要求所有狗恢复旧日的行为模式，还不停审视班吉和道基是否表现得"像狗"。这让一切变得更奇怪了。班吉和道基这两只狗被迫表现出足够令人信服的"狗性"，来取悦一定程度上已经忘了什么是"狗性"的其他几只狗。他们中有哪只狗的吠叫或嗥叫真的和往日一样吗？班吉和道基都不知道。当然，他们也不能问。要是问了，肯定挨揍，甚至更惨。越是努力想变得像狗一样，班吉就越觉得自己不像狗：他变得更有自我意识，更深思熟虑，更依赖他埋在心里的那种语言。最安全的做法就是尽可能模仿阿提克斯。

刚开始，班吉和道基外出觅食的时候会得到保护。那帮共犯中总有一两只跟着他们一起出去，攻击偶尔来袭的狗，盯着这两只小狗进到体形较大的狗无法进入的地方。道基怎么想他不知道，但至少对班吉来说，自己的存在对于这个狗群还有些用处，这个发现让他如释重负。他和道基很善于寻找人类丢弃的东西。在高地公园度过的那个冬天，他们俩格外有用。大型狗很少获准进入人类的家，但是班吉和道基有时候可以混进去，偷点有用的东西：丢弃的靠垫、泡沫板、旧衣服、丢在院子里被虫咬了洞的毯子，总而言之，任何可以让小灌木林里的家更舒适的东西。

过了一阵子之后，这帮同谋者不知道是懒还是漠不关心，就放两只小狗独自出去。所以可想而知，班吉和道基之间发展出了友谊。起初，班吉受不了道基这只雪纳瑞狗。和他在一起的时候，班吉最想做的事情就是上他。并不是班吉想干道基。不是的，只是自己被压迫的时候也想要压迫他人，那种念头极其强烈，极其本能，是内心深处无法遏止的冲动。

同时，道基显然也想上他。这无关私人恩怨。他希望道基安然无恙，而且几乎可以肯定的是，道基也希望他安然无恙。他们俩都只是单纯地想骑到对方身上而已。然而，这也是私人恩怨。有时候，他们为了谁有权利上谁吵得不可开交。但是他们的分歧，对其他狗一点影响都没有。对其他的狗，包括萝西来说，上班吉和道基是理所当然的。而他们俩都得忍受，因为他们别无选择。

虽然狗儿们已经尽其所能地把小树林弄得舒适了，但是冬季的高地公园最不缺的就是灾难。树和灌木是可以挡风，但是温度常常低得让两只小狗不得不考虑逃跑。一月的某个夜里，班吉以为自己就要死了，因为他抖得厉害，牙齿发出的咯咯声响得吓人。隔天一大早，他和道基单独外出，其他狗都还在睡。阿提克斯、马克斯、那对亲兄弟和萝西一起躺在毯子里集体取暖，而班吉和道基却被粗鲁地排除在外。

他们逃跑的那个一月的清晨，雪厚得几乎无法通行。他们熟悉的气味、声音和地标，全被积雪掩埋了。两只小狗觉得仿佛有种陌生的存在夺走了他们所认识的一切，只留下一片白茫茫，以及这个他们原本认识的世界模糊不清的轮廓。离狗窝够远之后，道基说：

"我好冷。我觉得我要冻死了。"

"我也是,"班吉说,"其他狗都不管我们死活。"

"我同意你说的,"道基说,"我想挨在他们旁边睡,结果老大咬了我。狗不关心狗是不对的。"

"他们不想要我们了,现在情况已经不一样了。他们会眼睁睁看着我们死去。"

"我同意,"道基说,"我们能怎么办?"

"我要去找人收留我。我们为何不看看有没有人会同时收留我们俩?"

"我们应该让其他狗知道我们走了吗?"

"不要,"班吉说,"我不知道说了会有什么下场。"

"我同意,"道基说,"老大好奇怪。搞不清楚他什么时候就会张口咬我们,而且他咬得好狠。我们最好还是偷偷溜走。"

这个决定立即给他们带来了好运。班吉和道基沿着温迪戈池塘离开了公园,费力地走在积雪的埃利斯公园路上。这时,有位老太太看见了他们,喊道:

"嘿,狗狗!过来,狗狗!"

他们俩都熟悉这种语气,但也都小心提防着。他们体味过很多来自兴奋的召唤者的善意,但也遭遇过不少突兀的残忍行径:拿石头丢,举棍子打。但是他们已走投无路,顾不得这些了。他们又冷又饿,于是朝那位老太太走去。事实证明,他们的抉择是正确的,因为老太太养的六只猫刚死了两只,她与生俱来的对所有动物的悲悯心愈发强烈。他们进入她的厨房之后,她摆出了两碗猫食。那食物闻起来有鱼和炭渣的味道,但还是很好吃。

那个冬天,道基和班吉有了栖身之所。他们被喂养得很好,只要愿意,随时都可以到院子去。然而,老太太和她的猫简直是他们俩不得不一同忍受的考验。先说她的猫吧:没错,班吉和道基打从心底里厌恶这种动物。班吉认为,任何有理智的生物都不可能不讨厌猫。他准备和它们和平共处,但是这些在老太太家鬼鬼祟祟到处转悠的猫,比一般的猫科动物更邪恶:它们不时嘶叫,拱起背,仿佛想让自己变得更大更吓人,还张牙舞爪地跳上跳下。他们无法和平共处。

若是在其他情况下,班吉和道基一定会合力对付这些歇斯底里的粉舌动物,扭断它们的脖子。然而,从老太太的举止看来,她很珍爱这些猫。她替它们清理粪便(其实那东西尝起来味道挺不错的),帮它们梳毛,不时对着它们或和它们一起喵喵叫,好像她自己也是只超大猫似的。想都不用想就知道,这些毛茸茸的猫是她的心肝宝贝,若是他们俩伤了其中任何一只,她肯定会把他们丢出去。所以,当这些猫像国会议员那样装腔作势地晃来晃去、惹他们厌烦的时候,他和道基只允许自己发出最轻微的低吼,这样的威吓警告,猫儿铁定是毫不理会的。

老太太本身就是种更加复杂的刺激。她是人类,所以是可以用某些方式来操纵的,两只小狗精于此道。肚子饿的时候,他们就翻躺在地上,或者用后腿站立,她似乎特别喜欢后面这个动作。她会莫名地因某些东西而兴高采烈,但也会莫名地被另外一些事情惊吓。她很宠他们,只要他们一跳上床或舔她的脸,她就发出音调很高的声音。但是如果逮到他们舔自己或对方的生殖器,她就压低嗓音,用水冲他们的嘴巴。无论何时,只要他们为她打开电视,她都会给他们东西吃,但是看见他们吃猫屎她就受不了。

她难以捉摸的喜恶还不是她最难应付的部分。最难应付的是她的黏腻。当然他们俩以前都领教过这种特别的迷恋,也都知道被人类紧紧抱住,抱得太久之后会怎样:感到窒息,拼命拱背挣扎逃脱。可是这老太太好像非得把他们挤碎不可。无论他们怎么不安地扭动,她还是紧抱不放。

有一天,道基问:

"你觉得她紧紧抱住我们的时候,会不会杀死我们?"

班吉无法回答这个问题,这让他感到不安。他不知道这个老太太是不是危险人物,根本无从得知。把生死系于某人的自我克制上,而且你对这人还一无所知,这就似乎太不明智了。除此之外,还有与紧抱不放相伴的那种感觉,仿佛老太太正试图给他们注入什么东西,或者传达某种思想似的。慢慢地,过完冬天,春天来临之际,她变得更难以忍受了。在气温刚回暖的那几天,班吉和道基发现自己又开始想着逃走的事了,即便老太太仍供给他们食物和栖身之处。

道基第一次提到他想离开,是在一个傍晚。所有被冬天掩埋的气味再度出现了:垃圾,绿植,腐坏的食物和粪便。当时他和班吉在老太太家的院子里,躺在温暖的露台砖石上。道基已经受够了这位老太太,以及那几只把她家搞得乱糟糟的猫。

"这不是我想待的地方。"他说。

"如果你离开的话要去哪里?"班吉问。

"我想回到我们原来待的地方去,"他回答说,"那些猫搞得我很不开心,那个人会把我挤碎,绝对会。"

"回去会很危险。"班吉说。

"老大是只真正的狗,"道基说,"他会教我们如何变回真正的狗。"

"回去并不是个好主意,但是我也不想独自待在这里。"

"那就跟我走吧。天气变暖了。我们可以和狗群一起生活,就像过去一样。"

道基似乎忘了过去遭受的虐待和羞辱。他忘了他们以前有多害怕,忘了那群狗有多么残暴,多么难以捉摸。班吉和他一样,想要和狗群在一起。但是班吉看不出回去有什么好处,他只看到了危险,讲求实际的他,首先想的是怎么做对自己最好。老太太这么黏腻,就算不回灌木林,也得有个替代方案。

"我们何不另外找个人呢?"他问。

"不,"道基说,"为什么要找另一个主人?"

"其他人的家不一样,"班吉说,"气味不一样。我相信他们是不一样的。我们也许可以找一个没有养那种丑陋生物的人家。"

"我们来自同一个狗群,"道基说,"我知道你的意思,但是我的想法和你不一样。我们在其他地方有个家。我想回去。如果那群狗还是怪里怪气的,我们可以另外找个地方。"

道基不听劝。他再也不想和这个人、这群猫住在一起了。他在精神上无法容忍。这次谈话过去几天之后,他就闯了祸,促使老太太把他们赶出了家门。没错,他的行为会带来严重的后果,但是对于被赶出家门之后所发生的事,班吉并不会怪他的朋友。他没法怪道基。事实上，后来把来龙去脉说给马济努听的时候，他已经说服自己相信，道基逼老太太把他俩赶出她家，是深思熟虑的结果。说道基"深思熟虑"，是因为他的行动迫使班吉再次思考他想要住在哪里，想怎样活下去，迫使他做出始料未及的体面抉择。

但是，还是先来说说被赶出去的事吧：班吉向来精于猎捕。他可以用鼻子嗅出老鼠的踪迹，知道该怎么捕杀，也不时享受吃老鼠的乐趣。老鼠并不是他喜欢的食物，所以除非饿了，不然他不会杀死它们。而道基呢，猎捕技巧熟练，喜欢将捕杀老鼠当成运动。道基就是这样，班吉也没多想。直到有一天，道基把老太太的一只猫逼进墙角，杀死了。

这事发生得很突然，班吉心情非常矛盾。当时他和道基一起躺在厨房里，有只猫进来，走向它喝水的碗。道基毫无预兆地发动了攻击。（他的动作真快，真是帅啊！）那只猫的反应和动作几乎和道基一样迅速，它试图逃离道基的掌控，跳了起来，惊声尖叫着逃命。没有用。它被困在硬纸板和墙壁之间狭窄的V形空间里。它又想跳，但是没有机会了。道基早就料到这猫拼死一搏的动作，他避开猫爪，往前逼近，一口咬住了猫脖子，左摇右甩，仿佛叼着毛绒玩具，直到猫不再扭动，软塌塌地挂在他嘴上。

道基这么做时该有多快乐啊，班吉想。（他以自己观看这一幕所获得的快乐，来推断道基快乐的程度。）光是那声音，那猫临死前哀求的尖叫声就令他兴奋异常，还有道基把它叼在嘴里往墙上撞，牙齿深深陷入它的肉里，左摇右甩到几乎把猫撕成两半时，那猫的挣扎。这只猫的丧命，让班吉体味到强烈的满足感。道基杀的是那只最傲慢的猫，只要有狗接近它的宝贝财产——一颗粉红羊毛球和一只铺粉红毯子的藤篮——它就拱起背来嘶嘶叫。班吉和道基常常图嘴上痛快，说总有一天要把它狠狠咬死。这一天终于来了，感觉真好。

如果是班吉宰了这只猫，他一定会把尸体丢在厨房不管，跑到房子的其他角落里去。他不会躲起来，但也不会想和这起命案扯上任何关系。可是，道基却叼起尸体，跑到了楼上老太太的卧房。一路上，猫头还不停撞着栏杆柱子。班吉没跟他上楼，而是在客厅等着，竖耳聆听。他不必等太久，也不必太专注地听。他听见道基的指甲划过硬木地板的声音。有那么一会儿静寂无声，接着，老太太开始哀号。又过了一会儿，在明显是老太太为那只猫而悲恸的哭喊声中，道基下楼了，不疾不徐，甚至还若有所思。

"发生了什么？"班吉问。

"我不知道，"道基回答说，"我把那东西放在她身边，她就开始哀号。"

"她生气了吗?"

"不,"道基说,"她好像很害怕。"

"说不定她以为你也会这样对付她。"

"我有同感,"道基说,"所以,我把那东西留给她了。"

"很明智。"班吉说。

有好一会儿,两只狗就这样坐在客厅里,听着老太太的声音,等她叫他们。

这时,马济努打断他的陈述:

"那只有胡子的狗这样做不好,"他说,"人类爱护那种生物,他们把它叫作'猫'。"

马济努没办法准确地发出"猫"这个音。念起来带着鼻音,很难学得像。

"他们叫这个名字还真合适。"班吉说。

但是老太太没叫他们。她下楼来,像抱着自己的孩子那样,把死猫搂在怀里,紧紧贴在胸前。

"你们干了什么?"她对他们说,"你们干了什么好事?"

看到这一幕,班吉不由自主地兴奋起来。这画面实在是怪异得不协调。这辈子头一次,内在的某种感觉如此强烈,迫使他发出纯粹出于喜悦的低吼。换句话说,他笑了。道基也笑了。他们俩无法自持地释放出内在的情绪，仿佛体内的某个容器爆裂开，里面所有的东西都如洪水般涌了出来。班吉以前也经历过情绪的释放，但情况完全不同，方式也大不相同。比如，当他还是只小狗，在主人家前院绿油油、湿漉漉的草坪上打滚时，他曾开心地吠叫。然而，此时此刻的笑声很不寻常。不是由感觉所激发，而是由某种几乎同样强烈的东西：他的智力。

如果说狗的笑声很怪，那么看到（或者说听到）他们笑显然让老太太更不安了。她一动不动地站在客厅门口，听着他们俩的声音，怀里还搂着那只死猫。看见她像抱着什么宝贝似的抱着那只死猫，班吉和道基就更兴奋了。他们笑得停不下来，低沉地吼叫着，像是某种古怪的疾病突然发作。老太太把死猫贴在胸口，膝盖发软，跪了下来，垂着头，双手合掌，仿佛在哀求似的。她没对他们说什么，但她显然是在对某人讲话。

她激动地讲着所有非讲不可的话，讲了好一阵子，然后站起来，打开大门，走了出去。

要是由班吉来做决定，他们肯定会留下来。他感觉得到老太太的惊恐，知道他们绝对可以善加利用。（她对着他看不见的东西讲话，确实让他有点不安。）但是，同样被老太太的反应给吓着的道基,却一心只想离开这幢房子。他头也不回地冲出门去,所以班吉只好跟着离开。

从离开老太太家的那一刻起,班吉就预感将有大祸临头。他们距离狗窝并不远,尽管和道基一样熟知回去的路,但他却在道基后面隔着一段距离远远地跟着。来到灌木林,道基跑得更快了,开心地冲进曾经是他们的家的地方。起初一片寂静,但片刻之后,一阵狂吠和咆哮声响起,道基冲了出来。阿提克斯和那对亲兄弟紧追在后。从声音来判断,这三只狗不一样了——没有野性,可又没有被驯化,总之不像狗。班吉瞬间惊恐莫名,而道基运气不佳,他冲出狗窝后直奔班吉而来,用他最初始的语言说了此生最后一句话。也就是,在生命的最后一刻,道基明明白白地以普世通用的狗话说:

"我投降,"他哀叫道,"我投降!我投降!"
仿佛他是被某些陌生的狗,某几只不知为何完全听不懂他说话的狗夺走了性命。

回忆起朋友丧命的过程,班吉沉默了。他情难自抑,躺了下来,把头垂在地毯的一个鲜红色块上。

他和马济努沉默了许久。妮拉察觉到他们没有动静,于是进来问马济努,看他和他的朋友要不要吃点什么或喝点什么。妮拉一进来，班吉就跳起来，开始在她面前走来走去，仰头看她，不停吠叫，直到马济努要他停下来。

马济努摇头表示"不要"。所以，妮拉把房里的灯打开之后又离开了。

"太神奇了，"班吉说，"这个人对你太好了。你什么都没做啊。你会不时地用后腿站立吗？你一定做了什么。"

"我才没做那样的事。"马济努说。

"她看起来不像一般的主人，"班吉说，"什么都不想要的主人不是主人。要是这人不是主人，她会给你带来痛苦。你有一天会受苦的。先弄清楚和你打交道的是什么人总是更好些，你不这样认为吗？

"我明白你的想法，"马济努说，"但是这个人不是主人。我不知道妮拉是什么样的人，但是我不怕她。"

"妮拉？"班吉说，"你可以叫她的名字？这太奇怪了。"

"告诉我，那只狗被杀之后又发生了什么？"马济努说，"他都投降了，他们为什么还要杀他？"

"我想，"班吉说，"是因为他们克制不了自己。"

班吉眼睁睁地看着那三条狗咬道基的腿、肚子和脖子。道基挣扎到底，奋力想逃脱。但是，他寡不敌众，斗不过那三条专心攻击的狗。他身上被咬了好多口，面对如此危境，道基显示出一条狗所能做到的最大程度的精神昂扬和英勇不屈。但是就班吉看来，他的勇猛似乎毫无意义，只是拖长了受苦的时间。

当阿提克斯、弗利克和弗拉克忙于大开杀戒的时候，班吉夹着尾巴，悄悄从现场退开。他本来会迅速跑开的，但是就在转身要逃的时候，萝西从狗窝里冲出来扑倒了他。她出其不意地逮住了他，在他还没回过神来之前，萝西的牙齿就已经咬进了他的脖子里。他撒尿表示投降，像只狗崽那样瘫软不动，但她还是咬住不放，继续咆哮，强迫他留在那里看着道基被杀死。

（班吉无法表达亲眼看着朋友活生生被杀死是什么感觉。他身上的每一根神经都痛恨杀死道基的那三条狗。在他详述道基遇害经过的此刻，他仍然痛恨他们，但是他不想让马济努看出他内心的波动，因为他觉得那是软弱的表现。）

道基一动不动之后，阿提克斯和那对亲兄弟站在他的尸体旁边，仿佛在等着他站起来。阿提克斯甚至碰了碰道基的头，推推他，像是要确认他已经死了，又像是希望他还活着。有那么一会儿，这伙凶手似乎对自己所做的事感到很不解。你会以为他们只是偶然碰见了道基的尸体，眼前这惨景——

一具毫不动弹的躯壳，道基的灵魂已经飞离——并非出自他们之手。他们的迷惑即便是确确实实的，也非常短暂。看见道基的身体再也不动了，阿提克斯和那对亲兄弟转向了班吉。

他们朝他走来时，班吉以为自己要没命了。他尽可能把身体缩小，让自己显得不具威胁。但是不知为什么，阿提克斯和那对亲兄弟已经没有施暴的劲头。阿提克斯看看班吉，咆哮一声，转身回了灌木林。其他狗跟随在后，把道基的尸体丢在那里腐烂，留给人类。

若不是有萝西在，那三条狗转身的瞬间，班吉就会立即逃命。但是萝西用噤叫提醒他，她还在。她用口鼻推着他前进，仿佛他是她的小狗崽。于是，班吉心不甘情不愿地回到了与他的同类，或者更确切地说，与他以为是同类的群体共同居住的生活。但他很快便明白，这些狗已经变了。如今对班吉而言，他们就像人类一样神秘莫测。他从骨子里惧怕阿提克斯，就像当初他们十二条狗逃离狗笼时，其他的狗本能地惧怕他们一样。

有一件事是肯定的：他不再属于这片灌木林了。

阿提克斯、那对亲兄弟和萝西仍然拒绝使用新语言。但是他们也不用旧方式沟通，或者，至少不用班吉所记得的那种旧方式。他们仍然噤叫，垂眼，抬头露脖。但是在这么做的时候，他们加上了古怪的头部动作，口鼻朝着某个方向，却又不是在指方向，他们结结巴巴的吠叫声在班吉听来活像是人类在模仿狗叫。他们现在的动作和声音都是自然产生的，但是他们更不像犬类了。这群狗确实变得非常怪异：是仿冒狗的再仿冒版。以前显得自然而然的一切，现在都变得奇怪。一切都变成了仪式。

就拿骑上其他狗这件事来说吧。

"我只要一动，"班吉说，"就有哪只狗要来咬我或者上我。"

过去，交配是一种出于本能的事情，和呼吸差不多，不需要多想，也与地位无关。狗儿不时会勃起，因为碰见其他狗的时候会异常兴奋。因交配而产生快感和因有主宰权而交配，这之间的界限是很清楚的。

然而，班吉再返狗群之后，阿提克斯和其他狗上他，似乎是为了证明——向他们自己证明，狗群之中存在秩序和等级。班吉这辈子第一次觉得，被上是一件屈辱的事。他明白其他狗为什么要这样做，而且他也绝对会上比自己弱小的狗，只是这种全新的感觉、这种耻辱改变了他。他开始思考这个问题。

例如，有一天弗利克趴在他身上的时候，他突然想，如果这个行为的重点是要强调某一方有权上另一方，那么这个重点并不需要被一而再、再而三地申明。只要被强调一两次，它就会变得很明显甚至多余了，因为只是为了表明像他这样的小狗只能逆来顺受。他毫不抵抗就屈服了，接受了他在这个梯队里的地位。毕竟，他全心全意地相信社会秩序是最重要的。然而……

有一次和萝西在一起的时候，他开始对自己和狗群有了不同的看法。当时他和这条德国牧羊犬单独待在灌木林里，其他狗都不在。尽管班吉觉得自己回到灌木林已经很久了，但其实还不到两个月。在这期间，他和阿提克斯或那兄弟俩都少有沟通。他们不和他讲话。但他和萝西有时候会单独待在一起。有天下午，她竟用旧（新）语言和他讲话，吓了他一跳。

"你不要试图逃走，"她说，"要是你这么做，他们会伤害你。"

从听到旧语言的惊吓里恢复过来之后，班吉决定冒险用旧语言来回答，他问那些狗为什么要伤害想离开的狗。

萝西没回答他的问题，只告诉了他马克斯的下场。班吉和道基逃走之后，其他狗——包括萝西——开始上马克斯。这是很自然的事，她说，因为他们比那条狗高等。大家这样相安无事了好一阵子。但是有一天，那条狗脑子里出现了一个念头，觉得他也应该上他们。但他们没有谁愿意让他上，所以原本的平衡状态就变成了很不愉快的交配权争夺战。争斗不断升级，直到某个冬日的下午，那兄弟俩受够了。他们合力攻击马克斯，把丢了半条命的他扔在池塘旁边，留给头领来收拾。而头领自然也别无选择。是他咬穿了那狗的脖子，把他丢在那里等死。

在萝西看来，马克斯是自作自受，惹出这场害自己丢了性命的麻烦。狗群杀死他，只是依随天性而为。他们是真正的狗：他们毫无过错，只是忠实于犬科动物的本性。重点在于每只狗都应该走在这条正轨上，了解自己的地位。现在班吉也应该这么做。

"你懂吗？"她问。

他回答说他懂。但是，事实上，他比她懂得更多。如果说他曾经不明白为什么狗群要留下他和道基，那么现在他已经有了很清楚的答案：其他狗需要他，弱小卑微的他，来维持他们的等级。这个从来没告诉过其他狗的想法，让他渐渐意识到了自己的力量。他，班吉，和头领一样不可或缺，因为有顶端，就必得有底端。那么，为什么只有他该被上？以逻辑来推，头领难道不应该偶尔也被地位最低的狗——也就是班吉——上上吗？高度还得靠深度来支撑呢。这个革命性的想法，对他来说前所未有，让他烦扰不安。这是班吉甩不掉又解决不了的矛盾，也让他有了反对狗群伙伴的心理——起初当然是无意识的。

和其他狗一起在灌木林住了两个月之后，班吉也开始失去犬科动物的意识。他连撒尿或坐下前都要先想想自己这么做对不对。这种自我意识让他迷惑，产生的效果很像听那只奇怪的狗讲话：

> 天空在世界之上移动不歇！
> 大地的皮毛更换不断。
> 一切都让挖埋骨头的狗儿心神分散，
> 他将意犹未尽地游荡。

所以，尽管班吉对很多事情都没有把握，但他很确定，自己不想再待在阿提克斯的狗群里。他得离开。问题是，他知道很难逃走。他已经成为狗群惯常秩序的一部分，是他们不可或缺的下等狗。正因为这样，他们总是紧盯着他不放，虽然这能保护他不被陌生的狗欺负，但只要他行为稍有差池，他们就一扑而上。最终，班吉能逃脱纯粹是因为他的好运，怨恨引来的好运。他找到了一座死亡花园。

什么是死亡花园，其实很难说清楚。对狗来说，它们仅仅存在于意识的边缘。那是人类留下毒物给动物吃的地方，有时是真的花园，有时并不是。很明显，罕有活着的动物知道这些地方。首先，发现这些地方的动物很少能活下来，也就无法留下关于这些地方的信息。其次，动物很少死在这些花园里。被毒死的狗通常死在离下毒之处很远的地方，所以，他们的尸体也就无法成为警示其他狗的信号。

班吉是只极为小心谨慎的狗，他这辈子知道的死亡花园仅有两座。第一座是和主人家隔了三栋房子的地方。那是一座菜园，一直飘来很诱人的味道，矿物与肉类的气味。只要穿过菜园铁篱笆底下的一个地洞就可以进去。许多狗进到菜园里吃东西。这些狗的嘴巴和屁股有铁锈和消毒酒精的味道。体形较小的狗呼出的气有了这样的味道，很快就会死掉。而体形较大的狗就算没死，也会病得很严重。班吉当时可以在街坊间自由地奔跑，他曾好几次进到这座菜园里。在那里，你可以从泥土底下刨出牛肉、熟鸡肉块，甚至甜面包。挖出好东西来吃向来具有很大的诱惑力，但是，当然也很可疑。他曾挖出过一两根还带肉的骨头，不过班吉平时吃得很好，他不想吃有矿石味道的肉。所以呢，他只是满足于嗅嗅那些没能抵挡住诱惑的狗、猫和垂死的浣熊。

当这个行为模式深深印在了他的记忆里,当他将那座菜园与痛苦和死亡联系在一起,那里却不再有这些东西了。菜园被铲平了,地里不再埋着肉,进到里面的动物不会生病,也不会死掉。

那里的一切实在是太诡异,太具诱惑力,班吉怎么也忘不了那个地方,忘不了那里与痛苦和死亡的联系。有一天,他在公园旁边的房子东闯西荡的时候,突然闻到了铁锈与消毒酒精的味道。一只正饱受痛苦折磨的狗呼出这种气味,奄奄一息地躺在园畔车道旁边茂密的草丛里。几天之后的向晚时分,在埃利斯公园路上,弗利克和弗拉克跟在他身后,经过一幢房子时,他又闻到了那种怪味:酒精和铁锈。班吉吠了几声,叫那兄弟俩避开那幢房子,走向柳树底下的诱人气味。(这座公园中,狗撒的尿似乎都带有香草、蜂蜜、苜蓿、酢浆草和其他不太能辨别但总之很诱人的味道。)他不确定那幢房子后面是否有一个死亡花园,但如果有,他巴不得阿提克斯那群狗——他现在已经把那几只狗当成是同一伙了——马上到那里去吃东西。

想象自己同伴的死亡令他不安。他的狗群会死光光,虽然他恨他们,但想起来还是觉得凄凉。然而,死亡花园到底会带来什么后果,他其实一点概念都没有。阿提克斯那帮狗也可能不会死,只是失去行动能力,让他得以逃离那片灌木林。无论最后是哪种结果,这都是班吉能看到的唯一一条自由之路。他唯一要做的,就是领着杀死道基的那些狗走到正确的地点。其余的,就让花园自己来完成吧。

第二天早上,从狗窝出发后,班吉就往埃利斯公园路走去。他嗅着树干的味道,假装被引往埃利斯公园路的方向。班吉的计划仿佛也得到了天神的赞同,在这个夏日的早晨,沿途的树木飘散着深具诱惑力的尿味,狗群头也不回地朝那幢透着死亡意味的房子前进。

靠近埃利斯公园的那幢房子时,班吉非常焦虑,担心那座花园既不会带来死亡,也不会造成瘫痪,只会让狗儿们身体不适。要是那样,他们会怪他带他们到那个花园去,并狠狠地惩罚他。得巧妙操作才行。他虽是领头,但必须装出一副跟着狗群行动的模样。所以,他并没有直接走向那幢房子。接近那个地方时,他嗅嗅空气,吠叫几声,那声音可以代表好几种不同的意思:"我饿了"或"我看见了一只小动物"或"和你们在一起,我很开心"。

阿提克斯低吼一声。但是弗利克和弗拉克闻到了什么味道。他们往房子后面走去,其他狗也跟了过去。他们眼前确实是一座园子,最浓烈的是植物的气味,但是隐隐还有其他诱人的味道：牛肉、酵母和糖。他们没能立刻进到园子里，因为有绿色的铁丝网围着。但是，围篱上有门和锁，弗拉克轻而易举就打开了。不一会儿，狗群就置身于繁花、蔬菜与半掩埋的东西之间了。

狗群十分兴奋，只有班吉除外。沿着围篱，与草木隔着一段距离的地方，有很多肉块和面包。更远的角落里有鸡胸肉，甚至还有正在腐烂的鱼肉！除了班吉之外，狗群尽情地吃了个饱。班吉吃空气，他咬着地面的土沟，假装吃东西，扬起尾巴，左摇右晃，直到其他狗吃完。狗群心满意足地离开园子，走回高地公园，一路游游荡荡，直到阳光隐没才回到灌木林。

回到狗窝的第一个晚上平安无事。班吉势必以为他们去的那个地方根本不是死亡花园，因为谁也没死。大家都睡得很好，第二天和第三天又去了那个园子。（那里好像有吃不完的肉、鱼和面包。）第三次到园子的时候，班吉的意志受到了考验。他很饿，又不确定这个地方到底有没有危险，差点就受不了诱惑，张口去吃地上的肉。但是他什么也没吃，想再多熬一阵子。就在他们穿过公园往回走，为了翻拣而到处翻拣的时候，班吉发现弗利克和弗拉克走路的样子很奇怪：左摇右晃，好像快失去平衡似的。不只这样，所有的狗口鼻开始流血，只有班吉幸免。

这天晚上在灌木林里,班吉没睡,他清醒而惊恐地听着痛苦难耐的同伴们疼痛地叫喊(他也学他们那样叫),看着他们虚弱地扭动(他也有样学样),闻着弗利克、弗拉克和萝西呼出的潮湿气味。太阳升起时,他鼓起勇气嗅了嗅那些尸体,吸进他带给他们的死亡气息。虽然弗利克、弗拉克和萝西还没死透,但他们的身体已经躺在小树林里,几乎一动也不动了。他们既不能起身又不能交流。班吉小心翼翼,十分警觉,一直守在他们身边,等到隔天确定他们都已经死了才放心。

看来阿提克斯已经跑到其他地方去了。也许他自知死亡将近,希望独自面对。无论如何,班吉此后都没再见过狗群的这个首领。然而,从其他狗的临死挣扎来看,他确信这条狗也已经死了。

关于这场大屠杀,马济努只从班吉口中听到了最粗略的细节。班吉说得好像是某种怪病或其他的什么,把这群曾经十分健壮的狗彻底灭绝了,只有班吉没染上。想想看,班吉严肃地说,变化降临的那个晚上逃出狗笼的狗,现在只剩两只或许三只还活着。只有两三只狗知道他和马济努所知的那些事。他们俩沉默了好一会儿。

"看到那么多只狗死掉,我很难过。"最后班吉说。

"是啊,"马济努说,"那么多狗死掉,是很悲伤的事。"

"有水喝吗?"班吉问。

机敏如马济努,不可能没注意到班吉谈起狗群末日时的模糊带过,也不可能不怀疑。但是他对班吉的情感很复杂,怀疑只是其中的一部分。除了隐约的反感之外,他对班吉也还有兄弟之情,班吉是狗群里除他之外的最后一只或几乎是最后一只。马济努觉得自己对他负有某种责任。或许是因为他比班吉强壮,所以自然而然产生了这样的想法,但是还有另一种想法:宁愿班吉没到这里来。他隐隐有些担心,但是在决定该拿班吉怎么办之前,他得先教班吉学会人类的语言,这是他的承诺。

事实证明,这比马济努想象中的更困难。他自己是从百来个人类词汇开始学起,再耐心地掌握更多。他想过先教班吉讲一些基本的词和句子(食物,水,走,别碰我……),然后再给他讲语境和细微差异。说起来,他们原本的狗语言也以这种方式运行:被普遍了解的汪,可以通过变换姿势、声调或形势来传达种种不同的意思。但是,他要如何让班吉明白,对人类来说,某些声音所代表的既是它们的本义,又不是它们的本义呢?比如,马济努想到的最基本的词就是食物,还有和食物相关的词:吃、饿、渴。他不太能想到比它们更意旨清晰的词了。但是,一天晚上,他和妮拉一起待在厨房里。他趴在地板上,头搁在爪子上,听妮拉给他念报纸。米格尔光着上身从卧室过来,问:

"你饿了吗?"

"我可以吃一点。"妮拉回答说。

"你可以吃什么呢?"米格尔问。

"你在想什么?"妮拉问。

"我想的是有营养的东西啊,你以为我想的是什么?"

"这个嘛,"妮拉说,"如果你只想要有营养的东西……我想我刚好有东西可以给你吃,要是你愿意去那边的话……"

"我知道了,"米格尔说,"这样的话,我们去好好讨论一下菜单吧。"

结果他们并没有吃东西,而是进了卧室,关上了门,马济努从听到的声音和闻到的气味来判断,他们是在交配。这让他迷惑了好久。不是因为妮拉和米格尔交配,而是因为他们好像把两件非常重要的事情——吃和交配——混为一谈了。这离谱得让马济努吃惊。如果米格尔进来讲了一些无关紧要的事(例如扫地),但意思是要交配,那还好一些。那样虽然会让他混乱不解,但至少那不像吃这么重要。他从一则警告开始教班吉人类的语言。

"听好，小狗，"他说，"人类所讲的话，并不总是字面上的意思。你一定要很小心。"

"我相信你说得没错。"班吉说。

其实班吉一点都不在意人类语言之中的微妙差异。他只是因为看见马济努学得这么好，所以也想学。也就是说，马济努的处境好到引发忌妒的地步，而班吉认为这是因为马济努熟练掌握了人类的语言。

班吉不理会马济努警告的另一个原因是，他们自己的语言也有奇特的用法，他和马济努都亲身体验过。比如普林斯讲的话：

> 我们往草原进发，
> 穿越经年累月的冬草，
> 走过伊娜所走的路。
> 她的名字久已消逝，
> 但她的路亘古长存。
> 大地永不忘怀。

或者：

渴望喷射（绿蛇

在主人手中扭曲），

在水流之中来来去去——

跳跃，洗涤：沾满肥皂的光亮外皮。

总之，班吉很有信心，普林斯的诗歌已经让他对人类语言的复杂性有了足够的准备。

马济努教班吉讲人类语言（也就是英语）的那几个月，对他们俩来说都是一场奋战。马济努用的是任何理智之人都会用的教法。他发出重要字词的音，让班吉识别之后学着自己发出来。这个方法有点麻烦，因为妮拉在的时候，马济努是不讲话的。班吉和马济努在花园的尽头进行他们的一对一语言教学，这样可能会被过往的行人听到，但墙外的人看不见这两条狗。尽管班吉非常敏锐——只要攸关自身利益——但是语言里的一些微妙差异，是必须和以此为母语者互动才能掌握的。他就像马济努一样，没办法准确发出某些重要字词的音。比方，食物念出来就变成了"西乌"。水变成"绥"。

这些声音或许在语境之中可以理解，但是"语境"并非随手可得。马济努不希望班吉和妮拉讲话。事实上，马济努是禁止他和妮拉讲话的。但是班吉坚信，妮拉这个教会马济努人类语言的人,是可以教他的。所以他趁马济努睡觉、在其他房间或是出门尿尿的时候,避开马济努去找妮拉。

从一开始,他就可以很清晰地念出妮拉的名字,所以她从来不用怀疑他是否在对她讲话。班吉不想让马济努知道自己的企图,所以提心吊胆,他"轻声细语"叫着妮拉的名字,而这总是让妮拉不知所措,觉得很害怕。

"妮——拉。"他说。

然后他会试着讲一个字,例如:

"绥。"

"水?"妮拉会问。

于是班吉就跟着她念这个字,模仿她的发音,再加上一个字:

"精。"

这是他能发出的最接近请的音了。然后他就看着她给碗里添满水,但她通常都不添水,而是说:

"碗里还有水。"

然后,班吉就回答:

"些些。"

她会纠正他的发音,同时也要克服那种简直难以忍受的怪异感:她竟然和一只比格讲话。

在和妮拉的接触中,班吉算是小有收获,但是有天下午,他叫了妮拉的名字,然后非常清晰地说:

"千千。"

他本来是要说钱的。这个字马济努始终没能解释清楚。似乎是和马济努所谓的"用这个换那个"有关,听起来很神秘,但又十分重要,或许是最重要的。而且,好像也和散落于城市大街小巷、又薄又圆的那种黄铜色小圆碟有关系。

"什么?"妮拉问。

"千,精。"

有那么怪异的一瞬间,妮拉认定这只比格指的是什么千年妖精[①]。班吉竟然知道传说故事?这个可能性令人惊骇,因为太难以置信了。但是他真正的意图也很吓人。

"你想要钱?"妮拉问。

班吉说:

"对。"

然后点点头。

"不行,"妮拉说,"不行,不行。我没有钱可以给你。走开。"

班吉不知道妮拉为什么生气,回到厨房里,很担心自己

[①] 原文是"法国印象派画家",指"莫奈",其发音与"钱"的英文"money"近似。译者在此进行了中文语境的置换。后文的"传说故事"在原文中是"艺术史"。

是不是做错了什么。是的,他确实做错了。妮拉把他这个"朋友"的事告诉了马济努。等到他们俩独处的时候,马济努就修理班吉,把他咬得很惨,让这只比格痛得哀叫,瘫倒在地上投降。但是,马济努也表现出自己的软弱。他没把班吉修理到见血,就放开了。他还警告班吉,要是再和妮拉讲话,下场会更惨。

班吉夹着尾巴溜走。为了表示对大狗的服从,他躲在沙发后面,好一阵子不见踪影。他并不怕马济努。马济努给他口头警告,对班吉来说,单单这一点就足以证明马济努一点都不危险。马济努甚至继续教他英语!还有,马济努很不明智地切断了班吉和妮拉的接触,等于是迫使他采取另一条(说不定是更好的)学习英语之路:找米格尔。米格尔块头比妮拉更大,看起来比妮拉更具威胁性,毫无疑问,也比妮拉更有权势,更是讲这种语言的专家。他为什么不找米格尔讲话?

当然,还有几个问题需要考虑。他去找米格尔,米格尔会有什么反应?会像妮拉那么不开心吗?况且,他要告诉马济努他想干什么吗?这只狗或许不危险,但是非常敏感,他去找米格尔讲话的事,很难瞒得住马济努。

最后,班吉决定开门见山。有一天晚上米格尔吃过晚餐之后,独自在卧房里看书。马济努和妮拉待在妮拉的房间里。

（马济努眼睛闭着，脚缩在身体底下，头靠在地板上。）班吉就去找了米格尔。他进到卧房，坐在床边，等米格尔注意到他。米格尔发现他之后，班吉就开始讲些天真无害的话。

"要水。"他说。

"什么，"米格尔说，"你刚刚问我要水？"

"是的。"班吉回答说。

米格尔乐坏了。

"你会讲话？"他问。

"一点点。"班吉回答说。

（他讲出来的其实是"一店店"，但是不难理解。）

"太神奇了，"米格尔说，"是妮拉教你的？再讲几句别的来听听。"

班吉不太了解他这句话的意思，坐得直挺挺的，满怀期待地看着米格尔。但是米格尔很失望。

"她教你的一定不只这些吧，"他说，"你会说你自己的名字吗？"

"班吉。"班吉说，这辈子第一次说出他的秘密名字。

虽然讲出秘密名字（说是秘密名字，是因为其他的狗没办法叫他的名字，尽管他也只是模仿这个发音而已）这么私密的事情让他有点迟疑，但他的嗓音很清晰，很高亢，只是微微颤抖。

"我就说吧!"米格尔说,"她还教你其他把戏吗?打滚,班吉,打滚,小子。"

从喝水开始的对话,怎么就变成要求他打滚,班吉迷惑不解,但是这些把戏——"打滚""站起来""装死""哀求""小点儿声""唱歌"——恰恰是他最擅长的,对他来说一点都不难。他和米格尔对视了一会儿,然后就开始打滚。

米格尔并不相信这只狗真的会讲话,比起狗开口要水喝,这些把戏倒让他更开心,印象也更深刻。米格尔把班吉搂在怀里,挠着他脖子上和耳朵后面的毛,带他去妮拉的房间。

"你是怎么做到的?"他问。"一定花了很多时间。"

"我做到了什么?"

"你是怎么教这只狗说出他名字的?"

"什么名字?"

"别假装你不知道,"米格尔说,"班吉好厉害。他是只真正的狗,不像吉姆整天躺在那里不动。这一只会玩很多花样。你应该觉得很得意才是。"

"你听到他讲话了?"妮拉问,"我可没教他,肯定是吉姆教的。"

"哦对,"米格尔说,"吉姆当然会讲话啦。"

米格尔觉得很不爽,以为是妻子忸怩作态。她为何不告诉他,她是怎么教会班吉答出名字的?

"好吧,"米格尔说,"我自己来教他一些把戏。"

接下来一个星期,他都在做这件事。我要教他一些不寻常的本事,米格尔想,比他的名字和寥寥几个词更难的。他决定教这只狗念《名利场》的第一页,这是妮拉最喜欢的小说之一。萨克雷的写作风格让每一个以英语为母语的人都情感澎湃,虽然有时他写的句子冗长而曲折:

> 当时我们这世纪刚开始了十几年,在六月里的一天早上,天气晴朗,契息克林荫道上平克顿女子学校的大铁门前面来了一辆宽敞的私人马车,拉车的两匹肥马披着雪亮的马具,肥胖的车夫戴了假发和三角帽,赶车子的速度不过一小时四英里。[①]

米格尔发觉自己的任务非常简单明了。

班吉一旦明白自己须(以完全正确的顺序)重复米格尔希望他重复的声音,就乖乖跟读了起来。米格尔认为这只比

---

① 采用杨必译本。

格比一只还不错（其实应该说是出类拔萃）的鹦鹉还要厉害几分。他自认身怀训练动物的天分，现在终于发挥出来，因而非常得意。他也不时觉得奇怪，一只比格竟然可以越来越纯熟地念出诸如三角帽、肥硕大马和平克顿女子学校的大铁门之类的词。但是，他想象着妮拉听到他的狗（班吉很快就变成"他的狗"了）念出《名利场》第一页，脸上会是什么表情时，便慢慢习惯了这种怪异。

然而，那一刻始终没能到来。

家里的气氛变了。自从"钱"事件意外发生以后，妮拉不只不喜欢班吉，更觉得这只狗不老实。她不觉得马济努的沉默有什么威胁，而班吉光是坐在那里看着她就让她感到不安。到后来，只要这只比格和她一起待在同一个房间里，她就没办法工作。所以她不让班吉靠近（把他关在房门外面），要么独处，要么就和马济努在一起，直到米格尔回家。

至于米格尔，他开始对马济努讲一些听似有趣，实则冷嘲热讽的话。他不时表露出，对于妮拉所说的马济努很聪明这种话，他其实是很怀疑的。这些怀疑论调通常是在叫班吉"打滚"或"装死"之后讲的，仿佛班吉能完成这些把戏，就可以清楚地证明班吉的智力高于马济努。当然，妮拉才不会这样羞辱马济努。她很尊重马济努，绝不要求他在地毯上打滚来证明他拥有智力，她清楚地知道他确实拥有。

马济努容忍班吉和米格尔的亲昵，明白米格尔是在暗暗讽刺他，但他并不理解这个讽刺本身的意义。首先，他没想到"智力"也可以成为决定"地位"的因素。似乎人类所谓的"智力"（知道各种东西公认的名称，表演一些需要灵巧脑力才能完成的技艺）不管从哪一方面来看，都比不上他记忆中来自以前生活的认知，也就是他受到"思考"冲击之前的认知。米格尔因为班吉会"翻滚"和"装死"而给他较高的地位，这个事实让马济努震惊。

不，他并不只是震惊。马济努了解米格尔这个行为背后的意涵，说不定比米格尔自己更了解。很显然，班吉的目的是获得地位，他想占有妮拉的位置。这个想法让马济努无法忍受。他难以忍受的不只是这想法本身，还有随它而来的过去曾吃过苦头的记忆。然而，他要怎么做呢？他已经警告过班吉了。此时此刻应该做的，就是把这只小狗咬死。毋庸置疑。但是他真的做得出那样的事吗？那样做意味着毁掉他自己的一部分，抹除他过去的那段生命——群体生活、犬性、灌木林——仅余的部分。

至于班吉，他很高兴能掌握米格尔所欣赏的技巧，并且开始让米格尔对马济努的冷嘲热讽影响自己的行为。例如，先前马济努教他讲话的时候，班吉会讲马济努希望他学会的词，重复一遍，然后要求继续学下一个。现在，因为常和米格尔在一起，他知道马济努的口音不太对，所以人类不太容易明白马济努讲出来的话。例如傍晚这个词，班吉就敢于纠正马济努的发音。他很有礼貌地纠正，但是表现出一副精通人类语言的是他而不是马济努的模样。等背好——但并不理解其中的意思——《名利场》的第一页之后，班吉开始展现主宰大局的姿态：和马济努躺在一起的时候，把头（轻轻地）搁在马济努背上；吃自己碗里的东西之前，要先走到马济努的食盘那里闻一闻；只要有可能，就走在马济努前面。班吉并没有意识到自己有这样的举动。他是不知不觉这么做的，但马济努却有所察觉。

　　有天下午，妮拉打开后门，让他们出去透透气。马济努尽可能无情地狠狠修理了这只小狗。他们俩走到院子中央的时候，马济努一口咬住班吉的后颈。他本打算用上下颌咬紧班吉的喉咙，但是在最后一刻，班吉移开了头。班吉大叫，立刻知道自己犯了错：马济努不是他所以为的那种狗。

　　地上还有积雪，又湿又滑。这雪救了班吉一命。马济努想用嘴巴咬起这只小小的比格，摔到水泥台阶上的时候，滑了一下。班吉抓住时机挣脱开来，大喊：

"妮拉!"

但是马济努马上就扑倒了他。

后院围篱有个缺口,一个(或许)可以塞进班吉身体的缺口。他往那里冲去,钻了进去。那个洞不够大。他大半个身体都塞了进去,但是马济努又拼命咬他,让他流了更多血,拖慢了他的速度。然而,马济努没办法咬住他的身体。班吉使尽每一条肌肉的力气,钻过那个洞,拼命奔逃。他连头都不回。没有必要。他们俩都心知肚明,马济努一心只想杀了他。

就算真有理性这回事,此时此刻也绝对是多余的。

开门放两只狗出去大约十分钟之后,妮拉回来看他们要不要进屋了。院子里有几处积雪像泡沫那样隆了起来。两只狗打架和摔跤的地方,露出了几片暗绿色的泥土。马济努站起来仰头看着她,不远处还有星星点点的血滴在雪地上。

"班吉呢?"妮拉问。

马济努摇摇头。

"他跑了?"她问。

马济努点点头。

"你想进来吗?"

马济努没回答,径自走进后门,湿淋淋的毛拂过妮拉的裤管。她很想知道班吉有没有事，但是此时问马济努感觉不太好。这天晚上，她把自己仅知的关于班吉失踪的信息告诉了米格尔。接下来几个星期，她始终没有找到对的时机去问马济努当天是怎么回事。后来，他们再也没提起过那只狗了。

阿提克斯最后的心愿

奥林匹斯城位于奥林匹斯山巅。除此之外很难形容，因为就像其他任何城市一样，这里和创造了它的那些心灵紧密关联。在奥林匹斯城中穿行，会为构筑这座城市的想象力所震撼。这想象力神圣非凡，绝非人类语言所能表达。在英语里（如果非讲英语不可的话）"形容""奥林匹斯"最恰当的词是无所有与无所在，虽然这里有所承载，也是个所在。奥林匹斯映照的是宙斯的心。宙斯，众神之父，此时被儿子们惹得很不开心。

由于种种原因，赫尔墨斯和阿波罗试图保守他们打赌的秘密。但是其他神也是神，打赌的事根本不可能瞒住他们。别的不说，只要稍加注意，就会发现这些狗的古怪。他们变古怪的原因不明，但是谁搞的鬼却很清楚。赫尔墨斯大半时间都在凡间，而阿波罗对凡间的事也很着迷。于是，这兄弟俩整天被缠着追问他们这样做有何动机。过了一阵子之后，他们也懒得再否认自己与那些狗儿的事情有关系，干脆承认他们对这十五条狗的死下了赌注。结果呢，便在众神之间掀起了一股热潮，所有的神都忙不迭地下注。

宙斯发现了儿子们做的事情之后，就把他们叫来。

"你们怎么可以这么残忍？"他问。

"哪里残忍了？"阿波罗问，"凡间本来就很痛苦。我们做了什么让他们更痛苦吗？"

他说得对，父亲，赫尔墨斯说，"如果您不想让他们受苦，就把他们给灭了吧。"

"他们所受的苦来自内在，而非外界，"宙斯说，"这些可怜的狗没有与人类同等的能力。这个造物注定无法承受怀疑或知道自己死期将至这样的事实。因为他们的感观和本能，他们将遭受比人类多一倍的痛苦。"

"您的意思该不会是说人类很残暴吧？"阿波罗问。

赫尔墨斯哈哈大笑。

"关于人类，唯一能确定的就是他们的残暴。"他说。

"你们两个比人类更坏。"宙斯说。

"您不用这样侮辱我们吧。"阿波罗说。

"我不惩罚你们,你们就该庆幸了。伤害已经造成。但我不希望你们再插手这些动物的事。你们也该闹够了。别再干扰他们,让他们力所能及地追寻平静吧。"

从这一刻起,众神都知道了宙斯的意志,并尽力遵守他的命令。他们不再干涉那些狗的事。结果,插手的却是宙斯自己。因为怜悯他最偏爱的阿提克斯,众神之父介入了这只狗的生活。

和班吉的印象相反,阿提克斯深思熟虑,敏锐易感,而且在一定程度上是无私的。他是个恪尽职守的首领,有能力——或者说倾向于——做出本能的决定。更重要的是,为使行动强而有力,他可以先把思虑搁在一边。但是在安静的时候,他的敏感有时引领他重新思索自己的行为。换句话说,阿提克斯有良心,正是这良心将他引向某种或可被称为"信仰"的东西。

兽医诊所的那一夜过后不久,阿提克斯开始相信自己身上的犬性已经逐渐消失,他觉得这是一个悲剧,过往存在方式的丧失绝对是很不幸的。这个想法自然而然地让他开始思考,他之所以为狗,靠的到底是什么。是他的感官?或许吧。

但他现在仍然拥有感官啊。是某种生理性的东西吗？没错，这种东西存在于他奔跑时的感觉之中，存在于他喝水时、用爪子扒土时的感觉之中。但是他的身体本身并没有变化啊。事实上，在细数自己之所以为犬类的种种因素时，阿提克斯的想法改变了。犬类的特性并未从他或其他十一条狗身上逐渐消失，只是被新的思考、新的视角与新的语言所遮蔽了。必须把这些东西抛开，就像拉开遮住关键优势的帘幕一样。

最初的那些日子里，过往岁月的记忆还很鲜明，阿提克斯知道该怎么做。那时，关于过往生活的回忆对狗群里的所有狗而言都是一种诱惑。部分同伴更忠实于过去的生活也是理所当然的。要找出愿意和他并肩奋战，找回过去生活方式的同类，一点都不难。也就是不要奇怪的语言，不要曲折的想法，保持感官敏锐。当狗群扫除了挡在这个目标前面的威胁——对马济努、雅典娜、贝拉、普林斯和博比或宰杀或驱逐，阿提克斯很满意，觉得他们终于可以过狗该过的生活了。在这场大清洗之后，狗群遵循阿提克斯的戒律：

1.不准讲奇怪的话。这是最重要的，直到垂死之日，阿提克斯都不喜欢记忆中那条消失的狗所讲的话：

在阳光普照的世界，

小东西们移动如此之快，

我躲开阳光，

在阁楼里咒骂黑暗。

2. 要有一位强大的首领（也就是阿提克斯本尊）

3. 要有好狗窝

4. 弱者谨守本分

在那场大屠杀里，只有一件事让阿提克斯良心不安：杀害寻鸭犬博比。他、弗利克、弗拉克兄弟和马克斯满腔热血地想恢复旧有生活，反而表现出了不太符合犬类天性的行为。他们在狂热中杀死了那条寻鸭犬，他事后回想起来十分愧疚。更糟糕的是：这只小型犬的死是一个信号。他——他们——忽视了重要的东西：等级的神圣性。那两只小型犬的逃亡让这点更为明朗。

班吉和道基失踪的那个早上，阿提克斯就预感到狗群将会面临的问题。地位最高的阿提克斯和地位最低的班吉，仿佛对称地处于光谱的两端，开始抱有共同的想法：弱小一方的重要性说到底不容小觑。少了最底层的那两条狗，情况就有些不对劲了。也就是说，底部空了。他们现在竟然需要弱者的存在。剩下的狗里，阿提克斯是个头最大，也最强壮的。弗利克和弗拉克合力或许可以和他抗衡，但是这对兄弟如果胆敢向他挑战，必定会付出很大的代价，这点他们俩也知道。另一方面，要把弗利克或弗拉克当成地位最低的狗，也是完全无法想象的。这对兄弟异常亲密，并且谁都不会接受自己地位下降的。那就只剩下萝西和马克斯了。

如果他们真的变回普通的狗，那么萝西是理所当然的候选者。她倒不见得是他们之中最弱的，但她是条母狗。对公狗来说，这就是可以欺负她的标记。但是对阿提克斯来说，萝西太重要了，他想让她身上的某种气味专属于自己。他的这种感觉令他很困惑，也很羞愧。萝西并未处于发情期，也不是说他想上她。这是一种无以言喻，同时又很陌生的感觉，是一种狗无法表达的反常感受。

（虽然阿提克斯已经有了罪恶感，但他还没有"罪"的概念。要是有，他或许会——依据他自己的想法——把他对萝西的感觉界定为"有罪"。这是违反犬类本性的感觉。然而，这种感觉多么令他宽慰啊。有时，他会和萝西一起坐在温迪戈池旁边，远离其他狗，以禁用的语言交谈。要是被逮着了，阿提克斯会坚称他们俩是无辜的，说他和萝西的交谈就像过去他们和马济努讲话一样，没有什么深意。她就像是一位知己，或随侍在侧的助理。仅此而已。他大可以这么说，但是在内心深处，阿提克斯知道自己的感情并不纯洁。关乎性欲，暧昧不清。）

所以，马克斯就成了地位最低的狗。

只是马克斯并不肯乖乖合作。这条狗觉得自己理当拥有较高的地位，因为他协助狗群除掉了那几条不受欢迎的狗。阿提克斯了解马克斯的不悦，但是既然狗群有了变化，马克斯也必须随之改变，承担后果。

只是，马克斯却让他们全体一起承担后果。他不准他们上他。他们每次都得攻击他，威胁他，咬他。弗利克和弗拉克必须前后夹击，一个压住马克斯的脖子，另一个从后面上他。阿提克斯则要轻松一些。阿提克斯身为狗群首领，马克斯纵使心怀怨恨，还是接受事实，认为阿提克斯随时可以上他。真正的问题是萝西。这条德国牧羊犬强壮到足以遂行她的意志，但是马克斯不肯乖乖就范，因为他无法忍受一条他自认可以击败的狗骑上他。

有时候萝西得花好长时间才能骑上马克斯，阿提克斯便怒吼威胁，张口咬马克斯的耳朵让他屈服。真正的狗不该有这种行为，他们全都知道。马克斯百分百有权利通过竞争获取自己的地位。阿提克斯为何要插手呢？说到底，那两条小型犬的消失，对他们全体来说都是一场灾难。他们的早晨以提心吊胆开始，他们的夜晚以同样的提心吊胆结束。

就是在这段时间，阿提克斯开始祈祷。

何为一只理想的或者说纯粹的狗，他已经有了概念：一种没有思想瑕疵的生物。随着时间的推移，他把他认为高贵的所有特质，都加诸这个理想的存在身上：敏锐的感官，绝对的权威，狩猎时无可匹敌的英勇，难以抗衡的力量。阿提克斯想，某个地方一定有这样的狗存在。为什么？因为存在即是他心目中理想之犬的一个特质。如果"理想的"狗不存在，那就称不上是真正理想的狗了。因此，依据阿提克斯的构想，这条狗中之狗一定是存在的。必须存在。（阿提克斯想象中的这条狗看不见红色，也就是说，看不见这些狗在思考方式改变后才有能力辨识的颜色。）不仅如此：如果阿提克斯的理想之犬存在——这是必须的——这条狗中之狗有什么理由感觉不到阿提克斯对指引的渴望？有什么理由不来找他？

阿提克斯跟着自己的感觉走。他在这条纯粹无瑕的狗面前毕恭毕敬。他在葛雷纳迪耶池远离狗窝的一侧，找到一处草木葱郁的地方。他把掉在地上的树叶清理干净，每天傍晚，带着抓到或捡拾的东西过来。每天傍晚同一时间，奉上老鼠、一块面包、一截热狗、鸟儿,或是他从狗群分配的食物里存留下来的任何东西,然后,用被禁止的语言,向他甘愿遵奉的那位唯一领袖祈求指引。

众神总是被节律所吸引,正如整个宇宙,以及存在于其间的万物一样。总之,阿提克斯日复一日的祈祷和一再重复的冗长仪式吸引了宙斯的注意。众神之父听见了这条狗的心愿,被他的献祭与信仰感动了。宙斯化身为一条那不勒斯獒犬,出现在阿提克斯梦里,这只獒犬皮毛像大象皮肤一样皱,下巴是一层层灰色的赘肉。宙斯以狗群的新语言对阿提克斯说:

"阿提克斯,"神说,"我就是接受你献祭的对象。"

"我就知道你会来,"阿提克斯说,"告诉我,我该怎样成为一条更好的狗。"

"你已经不是狗了,"宙斯说,"你已经改变了。但你属于我,我怜悯你的命运。我不能介入你的生活,这是我自己下的禁令。但是你死的时候,我可以答应你一个愿望。在你灵魂升天的那一刻,无论你许了什么样的愿望,我都会应允。"

"但是,伟大的狗啊,如果心愿一定要到死的时候才能实现,那又有什么用呢?"

"我只能做这么多。"宙斯说。

说完这句话，众神之父就在阿提克斯的梦里化为灰烬，向一片鲜绿色原野上空飘散而去，下方，成千上万只黑色小生物在原野上奔跑。

接下来的那几个月，阿提克斯维护着他的那方圣地，继续向宙斯说话，因伟大的狗听见他的祷告而欣慰，为得到他想象中神的注意而感激。然而，他的祈祷未能让狗群逃过噩运。先是弗利克和弗拉克弄伤了马克斯，迫使他（阿提克斯）了结那条狗。接着，弗利克、弗拉克和他自己一起杀了那条返回的小狗（道基）。这是一桩意外：大型犬们凶性大发，为这条小狗离开所惹出来的麻烦而怒火中烧。（阿提克斯为此罪过祈求宙斯的宽恕。但是，真是奇迹，他们竟然没把班吉一起宰了。看似出于本能但其实只是盛怒的支配之下，他们无论杀几条狗都是可能的。博比的死让他们领悟到的痛苦教训，此时因道基的死卷土重来：暴力行径的理由是理性本身所无法了解的。）最后，就有了中毒事件。

第一次踏进死亡花园那天，阿提克斯跟在弗利克和弗拉克后面进去，一心相信这片土地的丰饶是在他梦里现身的那位所赐的礼物。他第一次有死亡的预感，是在吃到一块鸡肉的时候：那肉尝起来有种狗玩具的味道。那味道异常古怪，可确实有鸡肉味，而且很好吃。不久之后，死亡便从帘幕后面现身了。阿提克斯的鼻子开始流血,怎么喝水都不够,体内如被火焚烧。他吃下肚的东西比其他狗多,所以是第一个发作的。

第二次在死亡花园饱餐一顿之后,阿提克斯便确定,那个地方有点不对劲。虽然他说不上来他的狗群到底会怎么样,但他知道大势已去。什么东西或什么事情找上他们了。而他,身为首领,完全无能为力。所以其他狗走回小树林等死的时候,阿提克斯去了他的那方圣地。这时,焦渴像烈火一样大肆燃烧着他的骨头和肌肉。死亡已然降临到他身上,他知道。

阿提克斯的临终遗愿是,害死他们这群狗的元凶必须得到报应。然后,这条狗就死了,虔诚之至,满怀希望:他未看见的敌人将在神的手中受尽折磨。

从暴怒的马济努身边逃走之后,班吉不知道该去哪里,也不知道该怎么办。他曾想象自己和米格尔、妮拉以及马济努生活在一起,精通人类语言。他说服自己相信(尽管他内心并不这样认为),马济努是小题大做了,自己的努力,比如讨米格尔欢心的努力,始终都是单纯无邪的,或者顶多也就只是实验性的。在班吉看来,他根本没做什么让马济努有理由咬他的事。马济努一定会回心转意,允许他回去。他很肯定，但是在此之前，他要待在哪里？

时值春天，正是四月的第三个星期。地上还有积雪，特别是在有树荫的院子和高地公园里。这个时节待在户外不算太糟。白天，街道温暖干燥。当然，班吉对公园附近的环境非常熟悉。如果待在帕克岱尔或高地公园就需要避开其他的狗，不过他通常都可以很快发现它们，所以并不害怕。（身上有黑斑点的白狗是最讨厌的。并不是因为他们很凶，有很多狗比他们更凶狠呢。而是因为——毫无疑问——这些狗是天底下最蠢的生物，即使把猫算进来，他们也还是垫底。和他们讲理是行不通的，不论用什么语言都一样。更糟的是，你永远都搞不清楚他们什么时候会过来攻击你。班吉并不是天生就讨厌其他狗，但他不喜欢斑点狗，就像有些人类讨厌名叫史蒂夫或比佛的人一样。）

他站在弗恩街与隆塞斯瓦里斯街的转角，正想着应该往哪边去的时候，有个脸色红润的老头弯腰把他抱进了怀里，说：

"这只漂亮的狗狗是谁啊？这漂亮的小伙子是谁啊？"

这最讨厌了。班吉扭动不安，仿佛正无助地沉入满是臭烘烘羊毛的池子。老头从外套口袋里掏出一块饼干，闻起来有糖、鱼、胡萝卜、羊肉和米饭的味道。班吉虽然多疑，但被饼干的味道吸引，便不再挣扎。他再次嗅了嗅，闻到一种混合着盐、菜籽油、迷迭香、人类汗水与苹果的味道。

"这是什么？"班吉用英语问。

仿佛听到狗讲话很正常似的，这老头说：

"这是饼干，我听说狗很爱吃。你想吃吗？"

班吉再次嗅嗅饼干周围的空气，判定这东西的确如老头所说，是食物。他从老头手里收下饼干，用一侧的牙齿咬碎，吃下了难忘的一餐。

"谢谢你。"班吉说。

老头把他放下来，心不在焉地摸摸他背上的毛。

"不客气，"他说，"还好你喜欢。我得走了，班吉。再见啰。"

过了一会儿，班吉才意识到那老头竟然叫出了他隐秘的名字。那人认识他吗？他望着老头消失的方向，几乎是出于本能地跟过去。但并不如想象中那么容易跟上。根据班吉的经验，有老头身上那种味道——混合着羊毛味、糖尿味、汗味和难以形容的腐朽味——的人通常走得比其他人慢。可是这个老头并非如此。他走得很快。而且，今天隆塞斯瓦里斯街上人很多，障碍重重：推婴儿车的女人，其他狗，还有那些最讨厌的慢慢晃悠的人，可能不时踩你一下，或因被挡了路而一脚把你踢开。此外，还有很多让你分心的东西：邮筒，路灯，垃圾箱，电话亭，麦特隆食品超市的酸牛奶和烤鸡香味,面包店的覆盆子果酱味,街边小贩的香肠和奶酪……这么多东西,让你恨不得停下来好好闻一闻。追上那人是个艰巨的任务,但班吉还是追上了。那人的灰色裤管始终在他前面,那是灰烬的颜色。

那个老头——化身凡人的宙斯——往南走到隆塞斯瓦里斯街的尽头,斜穿过街道,走上等候的电车。班吉不再小心翼翼,而是快步追上去,在车门关上之际跳上了电车。他轻而易举地找到了那个坐在后面的老头,站起来把脚掌搁在那人腿上。老人表现得仿佛被狗纠缠是稀松平常的事情似的,抱起班吉,把他放到靠窗的座位上。

班吉的感觉很复杂。他不习惯搭电车,车子的行进和噪音让他很不安。(他上一次搭电车已经是好几年前的事了,是和他的女主人一起,而且那次体验不怎么愉快。)此时身边这位老人虽然有点怪,却很和善,而班吉最清楚的就是,和善是可以被利用的。然而,最终让他安静下来,或者应该说是让他分心,不再骚动不安的,是窗户。车窗半开着,正好够他把口鼻伸出去,吸进皇后街上一段段街区纷杂的气味:从帕克岱尔的发霉奶油味开始,经过闻起来活像用鸽粪建的桥,经过草丛和浸满尿液的柱子,经过飘散灰尘、香水或新衣味道的时装店,回到老旧的小区,满是漆树和枫树;那鱼群梭游的矿绿湖面散发着令身心迷醉的恒久魅力,一切都使他深深陶醉。班吉在不知不觉中来到了莱斯利维尔[①],而那个老人早已不在他身边,不知去向。

虽然电车上的人不多,但肯定有人埋怨班吉的存在,因为在伍宾大道这个闻起来有种人类大便味(夹杂在种种令他喜爱的复杂气味之中,其中另有某种味道让他隐隐想起死亡花园)的地方,电车司机阔步走向他。

"这是谁的狗?"那人对着空气问道。

能看出来他不怀好意。

班吉趁司机抓住他之前,跳下了座位,冲向电车前部。车门开着,他跌跌撞撞地滚下车,到了一个未曾见过的郊区:一个未知的、有点可怕的地方。他经过一座加油站,一路往南,本能地朝大湖跑去。

没过多久他就来到了湖畔。树木都光秃秃的,刚刚冒出的嫩叶宛如柠檬绿色的瘤块。狗在一年中的这个时节很难控制自己:他们需要去咬东西,仿佛牙齿自身也有欲望似的。班吉咬下一根柔软而强韧的小树枝,漫无目的地沿着湖畔走,脚掌下的沙子坚硬冰冷。

[①] Leslieville,加拿大多伦多市西南方靠近安大略湖的一个居民区,距高地公园约13公里。

在被阿波罗改变的十五条狗里，对新的思考方式适应得最好的便是班吉。本性自私的他，几乎把全部的智力都用在了满足自己的期望、需求、欲望和突发奇想上。他很少为毫无意义的思索所困扰。然而，有些时候，可以说他的智力有自己的想法。例如此刻，望着浩瀚的湖面，班吉不禁纳闷，为什么它会在这里。为什么会有如此碧蓝、不同于地面的存在？它延伸到多远的地方？

这些想法让他短暂地想起了那条失踪的狗：

树叶，奔跑如鼠，
在鸟儿轻啄地面之际。
木头在垃圾箱里腐烂，
狞笑的斧头砍来。

但是班吉的心思马上就转到其他更重要的问题上。他要吃什么？他要在哪里过夜？要是这儿——在这片无边无际的水之畔——的人也像高地公园附近的人那样，他一定可以找到愿意收留他的人。班吉叼着韧劲十足的树枝，继续沿着湖畔往东走。

开心的班吉心不在焉，没注意到有条杂种狗正悄悄接近。

等他看到那条狗——他惊慌失措，因为他无法立即解读出这条狗的意图——那狗已经在他身边绕来绕去，跳上跳下，闻着他的肛门和生殖器，拼命吠叫，一副乐得要命的模样。

"你是我们狗群里的那条小狗！"杂种狗说，尾巴疯狂摇动。

他是用只有这十五条狗能懂的话说的。班吉认出他就是失踪的那条狗，普林斯。（生活可真是难以预料啊，班吉想，我刚刚正想着这条狗呢。）

"你就是跑掉的那条狗。你跑哪里去了？"班吉问。

"他还记得！"普林斯大叫，"你还记得我们的语言！"

普林斯无法用语言表达他的快乐，便伸出舌头，开始在这只比格身边绕着大圈跑起来，仿佛在追逐什么让他兴致高昂的东西。班吉当然知道普林斯这样兜着圈子跑是什么意思，但是他并不觉得开心。他和马济努，更早前和被他一锅端了的那群狗一起度过了古怪的时光。而普林斯作为几近灭绝的狗群里的一员，并没有令班吉感到欢欣。

"大狗，"他说，"别跑了。"

"我流浪了太久，"普林斯大叫，"我还以为我已经不会讲我们的语言了。"

"我们的语言没什么大不了，"班吉说，"人类的语言才重要。"

"人类的语言?"普林斯问,"那都是噪音。你会讲吗?"

"我会,"班吉说,"你想学的话,我可以教你。"

"也许学几句吧,如果你想教我的话。"普林斯毫无热情地说。

班吉朝湖边走去,吸入那股浓烈的气味。要是这条狗仍然无知又不知进取,班吉想,就随他去吧。

"你这段时间都待在哪里?"班吉问。

从他俩上一次见面之后,普林斯待过很多地方,但是对他而言,没有一个地方比他逃离的地方(高地公园,灌木林),或比驱逐他的那群狗落脚的地方来得更重要。

"其他的狗怎么样了?"普林斯问。

对所发生的事情,班吉平淡地讲出了一个经过严格删节的版本。其他狗都被毒死了,他说,凶手不明。他自己也差点没命。就这般突然地——马济努未被提及——普林斯得知了狗群的悲惨下场。

啊,这情感的震荡和冲击实在是太大了!短短一瞬间,从喜悦到绝望。普林斯坐了起来,哀号着。他尽情宣泄心中的悲痛,远处的人类都不禁停下来倾听。

"只剩下我们了。"普林斯说。

"是啊,"班吉说,"真是太难过了。但是,讲讲你这段时间的情况吧。"

班吉对普林斯的命运并不感兴趣。他想知道的是,普林斯有没有学到什么有用的东西。天生就爱讲话的普林斯,尽可能回答班吉的问题。但是因为刚刚得知通晓他们语言的狗差不多全死了,他非常悲伤,有点无精打采。

那天,在赫尔墨斯离开灌木林之后,普林斯展开了一段未知的、向东跋涉的漫长旅程。他不想离开狗群,也不想放弃对他来说极其重要的东西:新语言。他想留在公园里,避开其他狗,躲一段时间,等他们怒气消散。但是似乎冥冥中有股力量,牵引着他越走越远。

最初的那个冬天,帕克岱尔的一户人家收留了他。那段时间他很开心,但是到了春天,他因为在陌生的街区追一只松鼠而走失,离开了他们。他没有太难过,没再找收留他的人家。有段时间,有个嘴巴和耳道里散发臭鱼味的男人喂他。这个臭鱼味的人住在帕克岱尔东部。更往东一点,在特里尼蒂-贝尔伍兹公园那边,他被一只德国牧羊犬咬伤了,然后有个很有同情心的人收留了他,喂养他,直到他伤口愈合。她身上有丝丝缕缕草原微风的味道,他很愿意待在她身边,但是，过了一段时间之后，她就不再让他进门了。

就在那里——邓达斯和曼宁街南边——他被诱拐了。他被引诱上了一辆车，开车的是大人，但车上坐满了年幼的孩子。最后他来到了湖的北端，在艾格林顿南边，从艾沃宁路拐下来的地方。普林斯天性温顺。他对这个世界和其中的一切充满好奇，但是那些年纪尚轻的孩子总不肯让他清静。老是有某个气息中弥漫糖和夏日浆果味道的小孩搂着他的脖子，害他活像绑了条三角巾的猴子。尽管如此，他也还是继续待在那里。大体上说，那些人挺好。唯一不好的是他们为他挑选的狗链。那是一条抽紧后可以扼住脖子的项圈，他一看见就紧张不安。

那条狗链的材质主要是黑色皮革，用一个夹扣固定在铁环上。铁环连着一圈圈环扣结成的银色链子。狗链套上脖子之后，只要一拉原本松松的银链子，就会紧紧缠住他的脖子，几乎能把他勒死。不仅仅是狗链本身搞得他很不舒服，更糟的是，偶尔碰上其他狗袭击的时候，他就只能在被勒死（拉狗链的人想把他拉回去）和被欺负之间做选择。也就是说，他要么被咬，要么被勒得窒息。这样一来，每天和人类一起出门散步就成了他焦虑的来源。普林斯觉得如果他留下来，就会精神失常。于是，有天晚上，他自己打开前门，溜走了。

穿过艾沃宁路和圣克莱尔道之后,他再次往东,这儿一餐,那儿一顿,有时候睡在某户人家的院子里,在后街暗巷与餐馆后门搜寻食物。他在城里漫游,直到有一天,因为风向刚好,闻到了湖的气味,像是一丝难以抵抗的矿物与水藻味,转瞬即消失在汇聚于城市的多种气味里。

普林斯沿着一条粗略的抛物线穿越了多伦多(从离湖不远的高地公园往北到艾格林顿,然后往南,再往东,穿过维多利亚公园和皇后街到湖滩),此时努力想说出这是一座怎样的城市。他想描述的不是它的规模——他对此毫无兴趣——而是它的本质。当然,这座城在他心中有特别的分量,但和罗尔斯顿不同。他在罗尔斯顿出生,他的第一位主人、迄今仍然受他爱戴的主人住在那里。罗尔斯顿是"家"。也是他心里的痛,永远的痛。

多伦多首先是一座人类的城市,这里有着他们温暖的窝,以及难以捉摸的情绪。它充斥着人类的气味:从生殖器与肛门散发的迷人麝香味,到附着于他们身上的芳香的合成香水味。人类为这座城市带来危险,也提供安全庇护,人类是这城市的意识和重心。但是普林斯之所以爱这座城市,之所以把这里当成他大部分诗作的背景,是因为这里的气味。不论他在想什么或在感觉什么,总是会有某种气味让他分心去详加辨别：当然有人的气味，但还有种种别的气味，从葛雷纳迪耶池边小动物尸体的腐臭，到丹佛斯大道和维多利亚公园周边的咖喱屋里飘出的引得你垂涎三尺的香味。一条狗，除非死了，否则怎能不去欣赏弥漫在这城市的丰富繁杂的气味。

普林斯细数他的旅途见闻，班吉听得无聊，他说：

"是啊，是啊，可是你睡在哪里？吃什么呢？"

"我并没有睡在固定的地方，"普林斯说，"我知道好几个地方，在那儿人类会喂我，让我待在里面。"

"就在附近吗？"班吉问，"我好饿。"

"有一处很近，"普林斯说，"要我带你去吗？"

"那里的人会喂我吗？"

普林斯想了想。他从没带其他狗去过他所知的那些地方，但是他也从来没在湖边碰到过以前狗群里的伙伴啊。一个他以前的伙伴不是吗？这最后一个狗伴，对他来说也是最重要的一个，比所有人类加起来更重要。

"我想不出他们有什么理由不喂你。"他说。

他带着班吉走了一段稍长的路，到了罗德兹大道和杰拉德街交叉口附近的一幢房子。

这幢房子很小，摇摇欲坠，看起来随时会坍塌。房子是白色的（或者应该说发白），门廊用祖母蓝镶边。虽然已经是午后时分，但普林斯说：

"这么早他们还没醒呢。我们得等等。"

他们就这样并肩趴在门廊上等。其间普林斯又开始讲他离开狗群之后的生活，他对这座城市的印象，讲着讲着又念起他新作的一首诗：

> 伸出一掌，试探
>
> 冬日池塘的边缘，
>
> 发现那水坚硬，
>
> 他前进，指尖滑动，
>
> 仍旧远离家园。

听着普林斯讲话，班吉体会到了一种少有的感觉：无聊。他的词汇里没有"无聊"这个词，但是这感觉伴随着一种非常明显的渴望，那就是想要普林斯安静下来。并不是因为普林斯讲了什么得罪班吉的话，而是他讲的事情对班吉一点用处都没有。况且，他很讨厌要耗费心思去理解普林斯所讲的话。当纱门滑开，有人走到门廊上来时，他着实松了一口气。这是个男人，高大威武，满头黑发。

他点了一根烟,看见这两条狗之后,喊着:

"克莱尔!你的狗带了朋友来!"

然后从屋里模糊地传来一声:

"什么?"

"你的狗!他带了另一条狗来!"

纱门又尖声滑开,出来一个穿粉红毛巾布浴袍的娇小女人:头发跟那个男的一样黑,画了眼线。她抽了一口那男人的烟,蹲下来拍拍普林斯的背。

"嗨,拉塞尔,"她说,"嗨,小子!你跑哪里去了?"

普林斯被她一碰,身体就缩了起来,一阵抽搐沿着腹部扩散。

"看见没?"那男的说,"他有跳蚤!"

"他没跳蚤!别烦他!"

班吉不久前才近距离观察过人类夫妻,而且花了不少时间学习他们的基本语言,所以他自认为很清楚眼前这两人的关系。甚至,他还从中看见了为自己获取一席之地的机会。所以,当女人刚说完普林斯没有跳蚤,班吉马上就用后脚站立,合握前掌,仿佛在祈祷似的,开始背诵《名利场》的第一页。

"担习我恩则西基干开洗额习几延,在又月以的一摊早散，摊气琴昂……"①

班吉只记得念出的这一句，但已经足以让人印象深刻了。这对夫妇虽听不懂这狗的口音，却听得出抑扬顿挫的节奏。他们不可置信地看着班吉，仿佛他是不可能存在的奇迹。足足过了十秒钟，男人才开口道：

"这他妈的是什么东西？"

"不知道，"克莱尔说，"他是在讲话吗？"

那男人突然以出其不意的优雅动作提起了班吉的后颈，让班吉的鼻子贴近他自己的鼻子，问：

"你会讲话？"

班吉当然可以用他有限的方法讲话。但是全身的重量吊在后颈的皮上时，他根本没办法开口讲话。他在男人的手里挣扎着，越来越不舒服，只能发出半是吠叫、半是哀求的声音。

"放他下来，"克莱尔说，"你掐着他，他怎么讲话？"

"狗就是应该被这样提起来的啊。"那男人说。

但他放下了班吉。

普林斯从门廊跳了下去，呼唤他的伙伴。

"我们走吧，"他说，"这个大块头有时候很坏。"

---

①该句对应的准确内容见上文112页。

但是班吉蹲在男人脚边,充满期待地摇着尾巴。

"看见没?"男人说,"我没有伤到他。"

"是,可是你吓到拉塞尔了。"克莱尔说。

"谁在乎啊?"男人说,"我敢说,这只一定会耍各种把戏。"

他对班吉说:

"打滚。"

班吉就打滚。

"装死!"那男人说。

班吉就装死。

"跳舞!"

班吉照做,用后脚站立,开始转圈圈。

"讲话!"男人说。

班吉再次背出他所记得的《名利场》。

"这小浑蛋真他妈的不得了。"男人说。

虽然克莱尔对"她的"狗有感情,但也同意男人的看法。这只比格好像听得懂他们的话似的。此外,这只狗娇小可爱。她对拉塞尔的喜爱,当下就有大半转移到了班吉身上。

"他一定是有主人的。"她说。

"不,"班吉说,"不,不是,不是。"

"你听他说的,"那男人哈哈大笑说,"他不属于任何人。

况且,在谁手里就是谁的啊。"

"你觉得我们应该留下他?"

"看不出有什么理由不留下。他没有挂狗牌,你叫什么名字,小子?你会讲自己的名字吗?"

"班吉。"班吉说。

"亨利?"克莱尔问。

"班吉。"班吉又说一遍。

"哦,是班尼。"那男人说。

他打开纱门,让班吉进屋。普林斯试探性地走到门口,想跟着伙伴进去。

"不,你不行。"那男人说。

他伸出脚,拦住普林斯。克莱尔也没抗议。她打个哈欠,跟在班吉后面进了屋,男人紧随在后,关上了门。就这样,恰如之前突如其来地找回了狗群同伴,普林斯又突然失去了他相信是最后一只和他共用同种语言的狗。接下来的几个月,他经常回到这幢房子来。有时候,他会被赶走。有时候,他蹲坐在门廊上等着被放进去,希望能和班吉说上话。然而,那天却是他最后一次见到那只耳朵下垂的小狗了。

那男人名叫兰迪。班吉很快就学会了说这个名字,因为兰迪亲自教他说。男人很高兴，因为才花了几个钟头，班吉就可以清晰地发出 r 音了[①]。

兰迪会说：

"嘿，克莱尔！看我教他的……"

这时班吉就会叫他的名字，特别强调 r 音，活像一只说法语的比格。

"兰——迪！"

那两人就哈哈大笑，班吉不清楚这个名字为什么这么好笑，便歪头看着他们。这个名字里的某个音想必有神效，因为后来兰迪厌烦这个游戏之后，不再问：

"我叫什么名字？"

而是问：

"你觉得怎么样？"

班吉回答：

"兰——迪！"

那两人还是像以前那样捧腹大笑。

班吉想，这是两个奇怪的人，和他们待在一起的几个月里，他得以近距离观察他们的奇怪之处。但是从某些方面看

[①] 兰迪原文为 Randy。

来他们也没什么特别。他们需要食物的时候就吃，渴了就喝。整个屋子的布置自然也以即刻满足他们的这些需求为目标。他们在厨房的时候，离吃喝的东西绝对不超过一两步的距离。这家的冰箱像所有的冰箱一样，非常壮观。这个又高又宽的大块头是青绿色的：无法躲开，或者应该说，无法错过。只要一打开门，它就释放出油脂、糖果和香料的气味。厨房的其他角落也一样有魅力。例如，高大的食物柜仿佛是用椰子、糖、面粉、盐和醋做成的。然后还有个房间，是人类洗澡、给身体涂各种化学品的地方。这间浴室令他着迷，他惊诧地看着肤色本来就很白的人涂上乳膏，让皮肤变得更白。难道白的程度也与地位有关吗？若果真如此，那么在眼睛旁边画一个黑圈，或者把嘴巴涂得红红的有什么意义呢？

如果说浴室惊人，厨房美妙，那该用什么词形容卧房呢？那两个人在卧房里的时候最奇怪。当然啦，卧房自有乐趣。那是他们三个——班吉、兰迪和克莱尔——睡觉的地方。这是能让他们成为一个团体，也是最让班吉觉得有归属感的地方。刚开始的时候，他被放逐到床尾，但是经过一段时间之后，他慢慢睡到接近中间的地方，最后，大部分的早晨，他都是舒舒服服地挤在他们两人之间醒来。除此之外，卧房也是人类身体气味最为浓烈的房间。

卧房的奇怪，不在于房间本身或是住在里面的人。奇怪的是交配。人类不时来一场所谓的"做爱"。（这么清楚明白的事，为什么还需要有个名字？这完全超乎班吉的理解。明明参与的每一方都对这件事的必然性心知肚明，干吗还要取个名字呢？）交配本身也并不难理解，但是交配时的仪式却让班吉大感不解。

当兰迪和克莱尔要开始做爱了，首先会把班吉踢下床。当他们俩兴起的时候，只要班吉在近旁，他们就会对他毫不留情：踢他，捶他，打他。他们做爱的时候，他就很多余，所以他总是离得远远的，窝在房间的角落里观察他们。他会跳上抽屉柜旁边的藤椅，那里是最好的观察点。

在现实世界，也就是厨房、浴室、电视和饼干的世界里，兰迪显然都是老大，班吉完全不必尊重克莱尔。她看电视的时候，班吉可以躺在她大腿上，舔她的脸，吃沾在那里的食物碎屑，等她躺下的时候，班吉就把头靠在她的头上。但如果兰迪在，班吉就会小心翼翼，比较留神。兰迪就像大部分地位高的生物一样：一不高兴就怒声咆哮。（仅有一次，班吉试探着跳到他大腿上，结果兰迪用力把班吉推开，害他摔下来撞到了桌脚。）至少在班吉看来，兰迪很可怕。

然而，在卧房里，情况就不是那么截然分明了。大部分时候，都是兰迪干克莱尔。这没有什么不寻常的。这是他享有的特权，而且说真的，如果兰迪也想干班吉，班吉也不会觉得有什么不对。但是有些时候，情况完全倒过来。兰迪会披上黑色的皮衣（身体的某些部分暴露在外），哀求克莱尔用马鞭抽他。更惊人的是，接下来竟然是她插他。甚至，兰迪在卧房里的哀求，和克莱尔有时在现实世界里的哀求一样可怜兮兮。他们俩似乎都渴望这样的时刻：克莱尔得意洋洋地掌控大局，而兰迪在班吉眼里则是一副卑微可鄙的模样。

对于操控颇有见地的班吉当然了解，这样的欢愉——兰迪和克莱尔在这些时刻所享受的欢愉——改变了彼此间的平衡关系。兰迪享受被操控的时刻，并不意味着他就不是这个团体的首领了。同样，克莱尔在卧房里的欢愉，也不能证明她在其他地方的地位有所改变，或他（班吉）就该尊敬她。然而，看见兰迪屈于弱势，无可避免地影响了班吉对这人的看法。打从第一次看见兰迪穿皮衣之后，他就开始看轻兰迪，而每多看见一次，他心里的蔑视就更添一分。

事实上，兰迪和克莱尔的爱情生活让班吉的想象力出现了一块空白。他无法断定谁才是他们这个团体的首领。他心想，既然如此，为什么首领不能是他呢。所以一段时间之后，兰迪叫他，他不搭理，也不肯叫兰迪的名字，不肯乖乖听从兰迪的命令，兰迪叫他做什么动作他也不理会，径自在床上或沙发底下跑来跑去，还在兰迪的枕头上撒尿，想让兰迪知道谁才是老大。结果呢？兰迪这人既不怎么重感情，也不怎么爱护动物，不论这只比格多么聪明，多么有天分，兰迪对班吉也感到厌烦了。

克莱尔对他的爱持久一些，但也仅是稍稍持久一些而已。一旦班吉不再做他们要他做的（跳舞、打滚、讲话……），她就想，他们是高估他的能力了，这只狗不如她的拉塞尔聪明，她的狗被兰迪赶走了，如今进不了门。但克莱尔还是照顾班吉，买东西给他吃，在他愿意的时候也拍拍他。

理所当然，这些都让班吉以为他自己是主宰者。

班吉总共和兰迪与克莱尔一起生活了六个月，时间不算长也不算短。

在生命结束前的那几个星期里，班吉的生活可以说是完美。他拥有整栋房子。大部分日子，克莱尔白天要上班。兰迪待在家里，但大半时间都守在客厅的电视机前，不碍班吉什么事。等他想起班吉，或班吉催他时，他会往一只碗里放些吃的东西——大多是人类的食物——或打开前门，让班吉到草坪上尿尿。除此之外，他都放任班吉自由行动。这简直是他这种体形与地位的狗未敢企及的生活：食物，住所，他可以随心所欲操纵或回避的人类，以及没有任何威胁的户外世界。若说动物可能在过度文明的环境里滋生出野性，那么班吉已经变野了。他无视自己的天性，抛开天生的谨慎，混淆了自我放纵与操控，迷失于自己曲折的算计之中，再也看不见真正的主宰者是谁。

对班吉而言，兰迪和克莱尔原本一点都不难理解。他们并不复杂。不为别人着想，狡猾奸诈，尤其自私自利，这就是他们。总而言之，他们和班吉很像。收留班吉五个月之后，克莱尔丢了工作，两人已经拖欠了三个月的房租。兰迪拒绝做任何与他的"专业"无关的工作。（他自认是音乐家，但他只是偶尔在巡回乐队里当当道具管理员。事实上，他根本不喜欢音乐，甚至还沾沾自喜于得过且过的状态。他虽然想办法在几个乐队找到过工作，但最后都被开除了。）恼火的克莱尔坚持要他去找工作，否则她也不找。两人闹得很僵，很不愉快，但有个共识：他们宁可放弃这栋房子，也不要付积欠的房租。十月的某个深夜，他们将带上他们想要的——而且必须装得进他们那辆本田喜美——离开多伦多，到兰迪哥哥住的雪城[①]去。

[①] Syracuse，美国纽约州的一座城市，位于安大略湖东南部，离多伦多不远。

就这样,班吉的死亡之歌轻轻奏响。树木已经变色了。罗德兹大道两旁,挂在枝丫上的树叶成了橘色和黄色。一切看起来毫无异常。白天克莱尔也待在家里,但这没有妨碍班吉的日常生活,所以他不以为意。兰迪和克莱尔开始把东西收进硬纸箱里,但是他们打包的东西对班吉无足轻重,所以他也没特别留意。兰迪和克莱尔的嗓音里悄悄多了几分紧张。班吉注意到了他们举止的改变,但如今他既自认为是头领,便很难意识到情势的变化。

兰迪和克莱尔也算有良心,在预备偷偷离开的那个晚上,曾试图带班吉一起走。他们悄悄把锅碗瓢盆、衣物和台灯装进车里。凌晨一点钟左右,就要启程时,他们想把班吉从床底下哄出来。他不肯跟他们走。克莱尔苦苦劝说,但是班吉根本不把她放在眼里。事实上,除了主见之外,他对任何意见都充耳不闻。

"别理这个讨厌的家伙了,"兰迪说,"我们得走了。"

"我们不能丢下班吉,他会饿死的。"

"不会,他不会饿死的。曼济斯会发现他的。而且,我讨厌他老是在我的枕头上尿尿。"

克莱尔叹了口气。

"笨狗。"她说。

他们打开厨房的灯，摆了一碗水、一碗意大利面和吞拿鱼给狗吃，然后就启程奔向了新生活，离开这个整整五年里被当作家的地方，克莱尔哭了。

克莱尔的哭声惊扰了班吉的梦。他察觉到了她情感中的某种波动，从睡梦中醒来，扬起头，吸进一口气。气味和平常没什么两样，屋里静悄悄的，于是他又回到了飞奔着追捕老鼠的梦里。

第二天，班吉早早醒来。夜里，他爬上了床。他那时是否注意到那两个人已经不在了？到了早上他当然有所发觉。他独自躺在没有床单的床头，秋日晨光穿透已经没了窗帘的窗户，射进卧房。他跳下床，小心翼翼地在房子里巡视，只听得到冰箱低沉的嗡嗡声，以及他自己的趾甲在木地板（卧房、客厅、餐厅）、油毡地毯（厨房）和瓷砖（浴室）上的刮擦声。也有从屋外传来的声响：大部分来自汽车，还有远远的人声。

一段时间以来，班吉第一次喊出了兰迪的名字：

"兰——迪！"

这声呼唤没有回音，但在空气中停留的时间比平常更久一点。仿佛因为没有人听见，声音迟迟不肯消失似的。他并不沮丧。他还没有允许兰迪和克莱尔离开，他们会回来的。

他吃了几口意大利面和吞拿鱼,喝了一点碗里的水,然后回到了床上。他往原来兰迪枕头所在的位置撒了一泡尿,又回到梦乡里。

刚开始的那几天差不多就是这样过去的。班吉睡觉,溜达,喝碗里的水(后来喝马桶里的水),等待着。时间缓缓流逝,在黑暗与光明的交替中,日子一天天过去,他也越来越饿。第一天早上,班吉看见碗里有意大利面和吞拿鱼,并没有太兴奋。然而,到了那天结束的时候,他还是把这些东西吃光了。到了第二天晚上,他把碗舔得一干二净,一丁点吞拿鱼的痕迹都不剩。从那一刻起,这栋房子就变成了他到处搜寻食物的场地。

兰迪和克莱尔打开后立时魅力四射的冰箱,班吉却无法打开。他知道那门要怎么开,也可以把爪子放到冰箱箱体与门之间那块有磁性的凹陷处。但他就是没办法打开门。站在冰箱门前,他没办法找到合适的角度,亦无法使出开门所需的扭转力。厨房的食物柜一开始也像冰箱那样无法触及,但是班吉灵光一闪,推了一把椅子到柜子下方。他跳上椅子,然后跳到案台上。站在案台上,他可以打开柜门。但这对他也没多少好处。他能闻到很多东西的味道,却只能够到柜子的底层。费了这么大劲,他弄到的也就只是一袋已经开封的生通心粉和一罐蘑菇汤。

他立刻吃掉了通心粉,但是那罐汤差不多就是一个可以滚着玩的玩具。

第三和第四天很悲惨。他再也没有什么关于统治或尊严的念头了。他终于明白自己是被遗弃了,他心知肚明。这个领悟让他心痛,但他暂时撇开了这个想法。他冲马桶的时候还有水。还好。但是他迫切渴望有些固体的东西可以入口。班吉回想起马济努教他讲的话,通常会得到人类回应的话(马济努是这样说的),于是跑到门口,放声大叫:

"救命!救命!"

在那感觉像持续了好几天的时间里,他拼命喊叫。每个字都叫得清清楚楚,而且也有许多路人听见他的呼救。不幸的是,外界好像联合起来和这只狗作对。首先,碰上了万圣节。在罗德兹大道两旁,一幢幢房舍都装点出鬼节气氛。窗架上有南瓜,草地和门廊上有女巫和僵尸。有些女巫只要有人走近就会发出来刺耳的笑声。有些僵尸会大声呻吟,张开手臂上下挥动。在这样的氛围中,班吉的高声呼救没能引起任何人的注意。听见他喊叫的人,绝大部分都以为他是在搞笑地模仿一部讲人变成苍蝇的老电影。

如果班吉只是单纯吠叫,情况或许还好些。一条狗痛苦地吠叫，没有人会觉得好笑。

其他情形也对他不利。房东曼济斯先生被叫到了格拉斯哥，因为他年迈的父亲刚动过心脏手术。他最不关心的，就是罗德兹大道的这幢房子。他要再过好几个星期才会再想起房子的事。最后，时值秋天，满城的老鼠都在找过冬的住所。每有一只老鼠找到家，就有更多老鼠因为摆在墙角或老鼠误以为安全的任何隐秘角落里的糖衣毒药中毒身亡。在曼济斯被叫去探望开刀的父亲之前，兰迪和克莱尔也还没拖欠房租跑路时，曼济斯先生就在屋里摆满了装有灭鼠药的捕鼠器，摆在老鼠喜欢的各个地方：厨具后面，暖气出风口，厨房和浴室水槽下方的柜子。一般来说，这些捕鼠器并不会对家里的宠物造成威胁。虽然毒药气味诱人——很像花生酱、培根和炸鱼的味道——但是猫和狗没办法打开黑色的塑料容器，碰到那些有毒的药丸。对班吉来说，捕鼠器本该加倍安全，因为那气味会让他想到死亡花园。

然而，极度饥饿的他最后还是打开了厨房水槽下方的柜门。柜子里有化学药剂和腐臭的味道，肥皂、盐酸、铁锈、霉与污垢的气味混杂在一起。但在化学气味里，隐隐有一丝花生酱与鱼皮的味道。班吉突然，或者说适时地想到，死亡的气味不是来自于塑料捕鼠器，而是从捕鼠器周围的瓶瓶罐罐散发出来的。要是他可以把那个黑色的容器弄出来，幸运的话就可以找到恰巧遗落在水槽下方的残羹剩肴。

结果呢，把捕鼠器从水槽下面弄出来，一点都不困难。他在瓶瓶罐罐里钻寻，嗅觉引导他找到了那个黑色的塑料容器。真正耗时间的，是弄明白该怎么打开它才好。他听得见"食物"在里面喀啦喀啦响，也闻得出"食物"的气味，但是摇晃容器什么用也没有。然而，他足智多谋。几经思索之后，他把捕鼠器从厨房案台上往下丢，让它摔到地板上。他只丢了一次，盒子就敞开来，五六颗丸子宛如粉红色的昆虫，散落在油毡地板上。

班吉吃掉了每一颗丸子。他等了等，还是觉得饿，于是舔舔方才丸子接触过的地面。能找到东西吃，他觉得谢天谢地，虽然这食物的味道很怪。接着，他又用这一套程序来应付浴室水槽底下的捕鼠器。吃完这些东西后，他喝了马桶里的水，上床睡觉。

真正的痛苦在当天深夜到来。班吉立刻明白自己犯了大错，死亡已经找上门来了。他的体悟来自于前所未有的剧痛折磨：仿佛一把火正慢慢烧过全身，寻找引燃点。而且，他渴到无法形容，无法消解。他的本能反应是一动不动地待在原处，躲开死亡。但是他又不得不去马桶里喝水，他不停地喝水，直到他虚弱得无法用后脚站立，虚弱得无法喝水。

"极度的寒冷"向班吉袭来。他所经历的死亡过程，和阿提克斯、萝西、弗利克、弗拉克所遭受的一样恐怖。然而，在这痛苦至极的临终时刻，他却体验到了一种平静，从某种意义上说，这种平静让他可以超越生命与痛苦，超越世界本身，进入一切痛苦有望尽皆解脱的境界。鼻孔流血、躺在浴室白色瓷砖地板上死去的班吉，体验到瞬间的希望，那不是什么灵异或神秘的经历，而是非常贴近他性格的体悟。班吉生来就是一个权谋者，打从小时候起他就一直在精心算计。但和所有的权谋者一样，他心中始终有个地方，有个情境，是任何谋略皆不能触及的，在那里，谋略毫无必要，因为他很安全。

班吉最大的愿望是有个等级分明的地方，在那里强者照顾弱者，弱者不受胁迫就能尊敬强者。他渴望平衡、秩序、正确和欢愉。班吉临死之际看见的就是这样的地方，而这短暂的一瞥为他带来了宽慰。如果非要把死亡形容成某种状态，那么可以说班吉是死在希望里了。

不管怎么说，他去了那个无论狗或人都一去不返的地方。

宙斯实现了阿提克斯最后的心愿。班吉死得和阿提克斯一样痛苦。然而，身为正义之神，宙斯也让班吉和阿提克斯一样，在临终之时满怀希望。

有些神势必会觉得这一切很有意思，赫尔墨斯想，但也很恼人。班吉死的时候到底快乐吗？都怪他们父亲出手干预，原本应该清楚的答案，现在模糊难辨。但是怪他也没用，宙斯的意志无以更改。而班吉在临死之际见到的平衡、秩序、正确，让问题复杂化了。当然，阿波罗百分之百肯定，这条狗死的时候不快乐。

"希望和快乐没有半点关系。"阿波罗说。

他的说法无从反驳。生或死时不快乐的人，也和神特别眷顾的那些人一样，大多心怀希望。希望是凡人的一部分，仅此而已。然而，和阿波罗讨论班吉之死时，赫尔墨斯这位盗贼之神突然想到，他和哥哥打赌的时候，没把条件讲清楚。问题在于死亡本身。永生者想到死亡都带着渴望。无疑是这种渴望使得赫尔墨斯想象会有一种快乐的死亡，而没完全想清楚这种快乐的本质是什么。

"我想，"他对哥哥说，"我们应该扩充快乐的定义。如果你可以大方地纳入希望或……"

阿波罗打断他的话。

"我们突然变成凡人了吗？对每个字都要斤斤计较？"

赫尔墨斯藏起自己的想法，说：

"不是的。"

但是打从这桩赌局开始以来,赫尔墨斯头一次意外地体会到了一种宛如怨恨的情绪。

马济努的结局

五年过去了。自从赫尔墨斯和阿波罗踏进兽医诊所，改变了他们发现的那些狗之后，已经过了五年。当时的十五条狗，如今只剩两条：现今八岁的马济努，及七岁的普林斯。

　　马济努进入妮拉的生活已有五年，她已视他为最亲密的朋友。虽然他们不交谈——不算真正的交谈——但她觉得马济努和她丈夫一样了解她。说不定更了解呢。这些年来，她和马济努之间的分歧，比和米格尔的分歧更少。只是，米格尔是她的伴侣，她对他开诚布公，他对她也是。他们的爱依旧坚定，但渐渐陷入日常生活的泥淖里。和马济努在一起，妮拉可以暂时从和丈夫的关系中脱身，透透气，在某种意义上做回她自己。但残酷而讽刺的是，她和马济努的一个分歧，

165

最后竟然给他们三个都带来了灾难。

当然，马济努向来也是有些问题的，例如，妮拉无法理解他为什么要一直吃其他狗的大便。他知道这让她很失望。她常常也求他控制一下自己。

"看你这么做让我觉得恶心。"她说。

马济努会点点头，答应不再这么做，但是，这就像要求一个小孩别吃蛋糕店剩下的任何蛋糕一样。期待他自制是很残忍的，但是为了她，马济努会一口气忍上几个月，直到有一天，他无可避免地忘了她的感受，又扑向香喷喷的大便。于是，斥责（她的斥责）和自制（他的自制）的循环就会再次展开。妮拉推测，这个冲突源自马济努的天性。马济努是一条狗，一条敏感又聪明的狗，但终究还是一条狗。她经常努力说服自己相信马济努不只是一条狗，但是他所展现出来的天性，又让她的幻想破灭。

还有一些问题源自马济努的教养，而非天性使然，妮拉想。例如，她很受不了公狗排队等着上一条母狗。但是马济努完全不把她的厌恶当回事，连假装认真对待一下都不肯。发情的母狗就是发情的母狗，这没有什么好讨论的，而且既然母狗自己也很喜欢这样，他看不出来这事有何不可。妮拉不得不承认，他的想法有道理。她可以想象自己发情的时候，渴盼与陌生人上床的那种心情。但是她也相信，如果可以影响马济努的态度，她就可以通过让马济努学会尊重，进一步传扬开去，改善母狗的生活。

天性（马济努忍不住非做不可的事）和教养（他可以克制自己不去做的事）之间的界限既不清楚，也不固定。在冲突发生时的气头上，很容易就忘了。同样容易忘记的是，马济努不是她该去改善的对象。但是无论如何，他们决定性的分歧在于一个概念，这个概念无法被放入这一栏（天性）或另外一栏（教养），而是处于二者的交集之中。另外，这个概念对妮拉和马济努来说都同样重要，那就是：地位。

在马济努看来，米格尔是他们这个小群体的首领。这个想法惹恼了妮拉。她拒不接受自己的地位低于丈夫。然而，她的想法也没能让马济努信服。他看见她是怎么顺从于米格尔的。他听见他们对话时语气里的层级关系（她的语气总是透着服从的意味），也在他们一起散步或坐在餐桌上一起吃饭时看到了这种层级。他们地位的不平等如此明显，马济努觉得，妮拉似乎是假装无知，以努力提升自己的地位。

马济努和米格尔的关系有些微妙，但不复杂。他愿意为妮拉牺牲生命，但不会为米格尔这么做。至少有一部分原因是，米格尔是他们家的领袖，马济努指望得到他的保护。米格尔不相信马济努有什么天赋，或是和普通的狗不同。他总是蹲在地上和马济努玩，把他的头推过来推过去，追他，抢走他的磨牙玩具再丢开，用力挠他的肚子。这当然都是很不庄重的行为，但是和米格尔抢球，米格尔推他的时候他自然畅快地吠叫，玩游戏时把米格尔压在身下以示统治，实在都是很快乐的事。当然，妮拉也想和他一起玩。他们一起在外面的时候，她会把可以咬的红球丢出去让他追，但是你能看出来她心不在焉，因为她说不出来：

"去咬回来，小子！去咬回来！"

这样说仿佛那球是天底下最重要的东西似的。别的不提，她和马济努明明都知道那只球无足轻重，却要假装它很重要，这似乎就是一种侮辱。到后来，米格尔就像是一条马济努又害怕又崇敬的强壮大狗，所以当妮拉质疑她丈夫的地位时，马济努觉得被冒犯了。

不幸的是，妮拉不肯放过这个问题。有一天，她问马济努，如果米格尔是"至高无上的君王"，那么他觉得排名第二的是谁。这问题咄咄逼人，但她嘲讽的语气更让人恼怒。在马济努看来，他和妮拉的地位是平等的。她的问题等于否认这个事实。他尽最大努力在不攻击她的情况下表达他的感受。他低吼着，龇牙咧嘴，尾巴低垂。对他们俩来说，这都是痛苦的时刻，但是妮拉的问题粗鲁至极。在这次争吵后的几天里，马济努一直对妮拉视而不见，不吃她摆的食物，一看见她走进房间就马上离开。妮拉意识到自己很不明智，做得太过分，但他不接受她的道歉。对马济努来说，眼前似乎只有两条路：继续和挑战他地位的人住在一起，或者永远离开。要是留下来，他就必须教会妮拉如何尊重他。还不晓得如何吵架的他，不知道除了诉诸暴力还能怎么处理这个问题。但是，他宁可死一千遍，也不愿伤害妮拉。因此，既然想不出其他办法，马济努便选择了出走。他离开了那栋房子，没有告诉妮拉他再也不会回来。

当然，这是决定命运的重大时刻。对于马济努的结局，有很多天神下注，那些希望他快乐地死去的，都乐于见到他和妮拉和解。若非宙斯下达了禁令，他们肯定都会介入。可是既有禁令，他们谁也不敢公开插手。而心有怨气的赫尔墨斯对马济努和妮拉之间的僵局感到很苦恼。他当初插手救的是普林斯，而不是马济努，但他也和其他几位天神一样，相信马济努至少可以有个好下场。

"我可怜又亲爱的弟弟啊，"阿波罗说，"这是你最后的机会。没有那个女人，这条狗会很悲惨，你不觉得吗？"

"凡间的事啊，"赫尔墨斯回答说，"连我们都说不准会怎么发展呢。"

阿波罗哈哈大笑。

"你讲话的口气真像凡人。"他说。

虽然赫尔墨斯也笑了,但是哥哥的侮辱还是让他很受伤。于是,这位盗贼与翻译之神不顾父亲的警告,介入了马济努的生活。梦是他最喜欢的方式,他趁马济努睡觉的时候,进到他梦里。

马济努离开家没多久,突然觉得疲倦,还来不及找个安全的地方就睡着了。他一睡着,马上就做了个梦。

他在一片草地上,周围全是黑漆漆的。草地青翠欲滴,如画一般。他在一棵树下,这树的树干延伸到无穷高处,消失在一朵白云里。这个地方并不恐怖,但好像有点危险。马济努蹲伏下来准备着,若黑暗中跑出什么东西来,他就马上弹起或跳开。结果,出现的是一条和他一样黑的贵宾狗,但是看起来比他威严得多。

"我没有多少时间。"那条狗说。

他说的不是哪一种特定的语言,但那些字句宛如某种奇特的意念,浮现在马济努的脑海中。

"你不可以离开妮拉。你的生活和她密不可分。"

"我不能回去。"马济努说。

"我了解你的困境,可是你误会妮拉的话了。人类的思考方式和你不一样。"

"是和我们不一样。"马济努说。

"和你不一样,"赫尔墨斯说,"我希望你一切安好,但我不是狗。回到妮拉身边吧。你永远不会再误解她的话,她也不会再误解你的话。"

"你怎么知道?"马济努问。

"我说了算。"赫尔墨斯回答说。

就这样,梦结束了,马济努醒来。他在高地公园附近的草地上,离车道边公园入口处的拱门不远,离电车回转掉头的地方也不远。马济努以前也做过梦,但都不像这次这么鲜明。他记得所有的细节,不由自主地怀疑起自己刚才是不是真的在做梦。

答案很快就出现了。马济努沿着园侧车道往前走,一台车载收音机音乐开得震天响,把他吓了一跳。他听见歌词:

> 若时间不告诉你答案,别来问我,
> 我正驾着飓风驶向海面。
> 若你听不见音乐,就放大点,

它正奔向空中，奔向人群……

　　接着车子开远了，他便听不清楚歌词了。

　　这吵闹的音乐并没有什么不寻常。汽车里的人常想用噪音伤害其他人。但是马济努突然理解了那首歌的歌词，虽然那些语句神秘难解。他知道，歌词并不像人类平常讲的话那样含义清晰，而是感觉、节奏和旋律的交融。有时候，这三者会相互冲突，就像情感、本能和理智在他心里的冲突一样。有时候，它们和谐共存。他听到的这段歌词像一场精彩交锋，突然击中了他，马济努像终于搞懂了某个笑话的人似的，坐下来哈哈大笑，一如班吉曾经那样：直到快乐的感觉消散，都还喘不过气来。

　　而他刚获得的理解力不止于此。在高地公园里走着走着，马济努发现自己可以轻松理解无意中听到的那些话背后的意图。例如，他惊奇地听见有个女人对身旁的男人说：

　　"对不起，弗兰克，我不能再这样下去……"

　　她的这句话既是安慰，也是伤害。人类真是复杂又恶毒啊！而且，真是太奇怪了，他竟突然欣赏起他们感情的深度来。但以前，他总认为他们固执、愚笨，不愿抓住显而易见的东西，如今马济努明白了，人类几乎和狗一样有深度，只不过是以他们自己特有的方式表现罢了。

马济努希望自己能从这个角度来了解妮拉，于是返回家去。

他没离开多久，顶多两个钟头。后门还没锁。他用后脚站立，压下门锁的金属按片。门开了，他走进屋里。妮拉就在那里，像是在等着他似的。

"吉姆，"她说，"我以为你离开我们了。"

马济努捕获了这句话里的每一丝细微情感，明白了她的懊悔，她的担忧，她对他的感情，她的伤心，她看见他回来时的如释重负，以及她为自己这样对狗讲话而产生的困惑。当然，对她这句话所包含的诸多意义，他没办法立即一一回应。

"我大半辈子的时间里都叫马济努，"他说，"我第一个主人给我取了这个名字，而且我很喜欢。"

他讲得很清楚，妮拉听懂了。只是她已经习惯不通过语言来了解马济努，所以一开始并没意识到马济努开口讲话了。她有种一闪而过的古怪感觉：马济努以某种新的方式进入了她的意识里。

"对不起，马济努，"最后她说，"我之前不知道。"

赫尔墨斯给马济努的礼物非常珍贵,而且史无前例,却也带来了一些负担。马济努从一只精通英语的狗变成了能理解人类所有语言的狗。走在隆斯瓦里斯街上,他有时会停下脚步,听波兰语的对话,比方:

"Te pomidory są zgniłe!"①

或匈牙利语:

"Megőrültél?"②

听其他语言,就像聆听新的节奏、旋律和道理。有时候他听得入神,需要妮拉把他从遐想中唤醒。

"小努,过来。我们有事要做!"

(马济努最喜欢的人类语言是英语,毫无疑问。这和英语是他学会的第一门语言没什么关系,只是因为在他体验过的所有语言里,英语是最适合狗的。没错,狗使用英语的时候必须用另一种方式思考,但是英语的发音和节奏却是与狗天生的语言节奏和声调最相近的。马济努对英语的热爱产生了一个愉快的结果——对他和妮拉来说都很愉快——那就是他开始爱上诗了。马济努以普林斯的诗作为榜样,像普林斯那样开始"写"诗、背诗,然后念给妮拉听。

---

①意为:"这些西红柿烂了!"
②意为:"你疯了吗?"

> 猎狗期来临，我惶恐不安，
> 一面诅咒那些把我当作食物的人，
> 一面又做着黄包车和漆器的梦。

或者：

> 倘若瘦马吃光天空，
> 倘若文字从岩石涌出，
> 我的灵魂发条松弛，
> 生命在钟表里流逝。

但是，当妮拉问他最喜欢哪一种语言的时候，马济努并没说是英语。他无法这么说。在马济努看来，狗的语言更具表达力、更生动、更易理解，而且比任何的人类语言都更美妙。他尝试教妮拉讲"狗语"，结果出乎他的意料，他们徒劳无功，因为妮拉分辨不出愉快的吠叫和引人注意的叫声有什么不同，而它们的区别在犬类语言里是非常重要的。妮拉自己也很失望。她学得勉强还算不错的一句是"我要咬你"，可这不是可以随便对哪只狗说的话。她很想用他的语言和他讲话，但事实摆在眼前：马济努受不了她的怪腔怪调，她不再尝试之后，他也没有不开心。）

马济努决定开口讲话，一开始妮拉还不怎么能接受。没错，马济努回来，而且愿意开口讲话，这的确让他们言归于好了。但是和他讲英语还是很不习惯。他们俩已经培养出一种美好的无言的交流，不管是一段沉默、一个转头，还是一个迟疑的点头，都意味深长。而今，她除了面对这些无言的沟通之外，还得应对语言上的交流。从一开始她就发现，虽然她对马济努的了解更深了，但比以前更难理解他。不只这样：马济努开口讲话还给妮拉带来了所谓的"操作问题"。他们俩都认为，他有能力讲话的事，最好只让妮拉一个人知道。但是相处得越来越融洽之后，他们俩偶尔会在公共场合忘了原来的密约，提出一个问题或发表一句评论。如果是妮拉对马济努讲话，当然会比马济努对她讲话少些麻烦。马济努的声音比妮拉低沉，听到他声音的路人会很疑惑，不知那句话出自何处。这种疑惑会招惹来他们所不希望的注意。

还有米格尔。米格尔不是特别喜欢马济努。他更喜欢班吉，而且很讨厌妮拉和马济努之间的亲密关系。马济努了解这一切，也原谅米格尔，因为在马济努看来，米格尔的这些情感是可敬的。但很显然，米格尔大概不会在意马济努的最大利益,也不会像妮拉那样保护马济努。所以妮拉和马济努都认为,他们最好别在米格尔面前交谈。这就是说,米格尔在场的时候,他们俩之间的互动有时候会显得很尴尬。这让妮拉觉得自己仿佛背叛了丈夫的信任,而马济努也觉得自己背叛了首领。

最后,妮拉花了好些时间才能自在地面对马济努的英语。然而,一旦习惯了他的言语,她便极为珍惜他的陪伴,甚至马济努是狗这件事也变得越来越不重要。她不再认为他和自己有所不同。真的,很多时候,比方说,他们一起坐在布尔瓦俱乐部旁边看着柳叶飘动的时候,马济努是不是一条狗又有什么关系呢?

(柳树总是让他们看得入神。虽然明知不是,马济努还是常常觉得这些树是某种难以捉摸的动物,诡秘狡诈,飞扬跋扈。说到底,一部分的他仍旧相信是这样。看着摆动的柳条,他禁不住想要去咬上一口。除了没有张口去咬的欲望,妮拉也有和马济努一样的想法。在她看来,柳树像是披覆树叶的猛犸象:古老,缓慢,带有王室风范。但当然不是,它们就只是树而已。)

百分之百的理解并不能保证幸福美满。比方说,要百分之百理解另一个的疯狂,得自己疯掉才行。将凡人分隔开的轻纱，有时是悲惨的樊篱，但有时却是莫大的善意。事实上，唯一能达成"百分之百互相理解"的是神。对神来说，任何情绪或心理状态——疯狂、愤怒、苦楚等等——都是可喜的，也就没有所谓的理解或不理解。赫尔墨斯对此很清楚。他不只是翻译之神，也是误译与误解之神。可以说，正是他把过于清澈的水搅得混浊，或是让混浊的水渐渐变清。但是若说有谁因为拥有理解的天分而变得快乐，那便是马济努。马济努越了解妮拉，就越庆幸自己回到了这个无疑已是家的地方。

两年过去了。

马济努年纪渐长，愈发有了政治家的派头，他愈发尽善尽美地表达对妮拉的欣赏之情：透过她所喜爱的事物，例如她钟爱的影片：《五至七时的奇奥》《天堂之日》《东京物语》。最爱的是《东京物语》。有天下午，妮拉和他坐在一起看电影。这是马济努第一次从头到尾看完一部影片。之所以是第一次，并不是因为他对电影没有兴趣，而是因为他受不了看见那么多遥远的世界却无法闻到它们的气味。没有气味的世界，不是真实的世界，所以，电影和画作会带来无可避免的失望。可是妮拉那么爱《东京物语》，所以他静坐了两个钟头，把它看完。

影片结束之后,妮拉花了好一会儿才调整好情绪。一如往常,原节子哭的时候,妮拉也感动落泪。

"你喜欢这部电影吗?"最后她问。

"喜欢。"马济努说。

"你不觉得太长了?有些人觉得很无聊。"

"不无聊,"马济努说,"但是有点奇怪。那些人总是转头看向你看不见的地方。我一直以为会有什么东西从那里出来。结果最后是死亡来了。"

马济努能欣赏她的所爱,让妮拉感动。但尽管拥有赫尔墨斯所赋予的天分,马济努还是觉得这部影片里的有些部分难以理解。比如说,里面没有狗的角色。影片接近中间时,有四只狗听到主人的哨声后奔过屏幕,马济努马上来了精神。这几只狗没再出现,这让他很失望。但是,电影快结束的时候,有个人吹哨呼叫那些看不见的狗。前面的那一幕看不见吹哨的人,后面的这一幕看不见被叫的那些狗。这两个难以解释的镜头在马济努看来,像是这部电影最核心的隐喻谜团。

同样让他好奇的是鞠躬。高度和地位的联结并没让他觉得困惑。若真要说这个动作有什么影响,那也只是让日本人显得更高贵。但是那些地位崇高的人在哪里呢?这是个问题。那么多人鞠躬,在马济努看来,好像是地位低的人在比赛看谁的地位最低似的。不管怎么说，慎重总是没错，这个谜团与电影里没有狗的谜团一样吸引马济努。

最后，马济努突然想到，这两个谜团说不定有联系。狗鞠起躬来高度比人低得多，据此推论，在《东京物语》里，狗或许是某种神秘的力量，所以不得出现太多镜头，谨慎的电影人只能让观众瞥见他们一眼。可想而知，这个想法让马济努喜欢上了这部影片。

读妮拉喜欢的书更有趣味，有更多时间去思考。一个多月里，下午妮拉趁米格尔还没下班回家，大声地念《傲慢与偏见》和《曼斯菲尔德庄园》给他听。在这两本书中，《曼斯菲尔德庄园》是更让马济努困惑的一本。书里对于阶级的强调，让他心惊肉跳，简直像是一本给主人们用的手册。

读完之后，马济努说：

"妮拉，你喜欢被干吗？"

（干是马济努用的字眼，妮拉从来不用。）

妮拉被这个问题吓了一跳，回过神来之后说：

"为什么问这个问题，小努？"

"我只是在想芬妮·普莱斯，"马济努说，"她爱埃德蒙，可是不同意被干，对吧？"

"很难讲。在我看来，芬妮是觉得任何事情都要有对的时间和地点才行。但是,回答这个问题时,我更愿意用'做爱'这个词。听我说……这是个很私密的问题,小努,只是有时候我很想米格尔,我想和他在一起,而我想和他在一起的念头会转变成更多意念,这个过程很慢,需要花时间。如果你只看见最后那部分,你可能会觉得做爱和干没什么不同,但对我来说是不同的。不过有些时候,我真的只是单纯地想要他进到我身体里面,甚至好像是不是米格尔都没有关系,但其实是有关系的。"

"我明白了。"马济努说。

但是,他对人类处境的理解——不同于他对妮拉的理解——也因为他不熟悉某些仪式而受到影响。他自己从未有过"做爱"的经历,也无法想象自己想要做爱。

让他兴味盎然的是,人类有多么仰赖他们的想象力啊。不只是为了消遣,也会运用在很基本的事物上。他宁可让身体代他思考,或者应该说在他发生变化之前的旧时日里是如此。如今他处在人和狗之间,对想象力感到非常好奇。要是没被"绝育"(套用妮拉的话),他想他大概至少会找只狗来试试"做爱"。然而问题还是在于要知道从何开始。发情的母狗很想被上,她们会散发出一种难以形容、欢畅到发狂的气味。妮拉所谓的"挑逗"根本没有存在的空间。他还曾考虑过带吃的东西给没发情的母狗，说不定可以让她发情，可是他为何要这么费劲呢？他当然不是妮拉所说的"异性恋"，但他也不是同性恋或双性恋。他有时候会被其他狗或人或绒毛玩具挑起性欲，只要可以，他就上他们或蹭他们。也就是说，他根本不在乎对方是不是母狗。一如看完《东京物语》时那样，读完《曼斯菲尔德庄园》后，马济努心里也留下了某种愉快的谜团。

最后，马济努意外地发现艺术作品——《东京物语》、《曼斯菲尔德庄园》、马勒《第四交响曲》等等——是不能以理解人的方式去理解的。这些作品被创作出来就是为了一面引诱理解一面又规避理解。他爱上了人类的这一面，当然，这也正是妮拉的一面。

对妮拉和马济努而言，理解是互相的。妮拉知道什么东西对马济努而言是重要的，而马济努也知道对妮拉来说什么才重要。然而，他们的理解之路却大不相同。首先，她不用考虑什么人类的艺术品。马济努没有喜欢的电影或书，也没有喜欢的音乐。甚至，他们的感官能力也不对称。马济努的视觉没有她敏锐，但他会注意到她注意不到的东西，比如松鼠。不论这些小动物在树上还是在远处，马济努都能察觉到他们最细微的动静。他的嗅觉更是让人叹服。他可以闻出来她的炖鸡里有没有加刺芹。他的味觉也很厉害。此外,他的听力也比她更敏锐。当然啦,他可以比她听到频率更高的声音。但他对声音的诠释也和她不一样。妮拉常常听说所有的动物都爱巴赫的音乐(这也是她最喜欢的)。但是对马济努来说却并非如此。他一点都不喜欢巴赫。在他听来,巴赫的音乐就像用针刺进五脏六腑。他更喜欢瓦格纳——而妮拉不喜欢——也爱安东·布鲁克纳。

"狗有故事吗?"有一天妮拉问他。

"当然有。"马济努说。

"哦,小努,拜托,讲一个给我听吧。"

马济努答应了,开始讲道:

"我闻到母狗的气味,但面前是一堵墙。那气味好强烈,我都快抓狂了。我吃不下,喝不下。墙厚得推不倒,而且左右延伸数英里长。我在墙底下挖洞,一直挖,一直挖。主人看不见我在挖洞,于是我拼命挖,直到墙下透出空气,母狗的气味比之前更浓烈。我向那只母狗叫唤,但是没有回应。墙底下明明有空气。我应该继续挖吗?我不知道,但我还是不停地挖,尽管已经闻到主人屋子里传来食物的香味。母狗的气味越来越浓。我扯开喉咙喊,但是现在我饿了。"

马济努说到这里停了下来。

"就这样?"妮拉问。

"是啊,"马济努说,"你喜欢吗?"

"唔,这个故事……很不一样,"妮拉说,"可是这个故事没有结局。"

"有结局,而且很动人啊,"马济努说,"夹在两种欲望之间不是很惨吗?"

慢慢地,妮拉和马济努之间的距离越来越窄,最后彼此都可以预料到对方想要什么。妮拉可以准确地分辨出马济努是想吃东西还是想散步。马济努知道什么时候不该打扰妮拉,什么时候该安慰她,什么时候该静静坐在她身边。慢慢地,他们越来越不需要说话,当然也不需要英语。

有天早上,他们发现他俩梦见了同一片旷野,同样的云彩,同一幢远处的房子——有红砖烟囱的木屋。他们梦见相同的松鼠和兔子。他们在同一条清澈的小溪里喝水。只有一点不同:妮拉在梦里望向水面的时候,看见的倒影是马济努的脸孔;而马济努在原本应该看到自己倒影的地方,看见的则是妮拉的倒影。这个相同的梦让妮拉感动不已,自此以后,她不许任何人把马济努称为"她的"狗,甚至米格尔也不行。

"如果他是我的,那我也是他的了。"妮拉坚定地说。

她的朋友，以及她的丈夫，都觉得这反常到令人愤怒的地步。马济努知道她的意思——她不是他的主人——他很感激。但是在内心深处，他觉得自己仿佛真切地属于她，从某种程度上说，他是妮拉的一部分，而妮拉也是他的一部分。

但他俩不知道的是，他们做的那个相同而简单的梦，却是悲剧的先兆。他们变得如此亲密，以至于剪断凡间个体生命之线的命运女神阿特洛波斯无法把他俩的线分开。马济努生命终结的时刻已经到了——就狗而言，他已经相当老了——但是要剪断他的生命之线，很可能也会剪到妮拉的。

命运三女神——克罗托、拉克西斯和阿特洛波斯——工作简单明了。克罗托纺织生命之线，拉克西斯拉出每一个个体的生命线，阿特洛波斯剪断丝线，结束这条生命在凡间的时间。生命之线常会交缠在一起，通常是丈夫和妻子的线，所以常有夫妻一起死去或是死亡时间很接近的状况。事实上，妮拉和米格尔的线也缠得像她和马济努的线那么紧。虽然妮拉和米格尔应该会比马济努活得长，但是他们三个的生命线紧紧缠在一起，粗细与韧度都差不多，动剪刀后结束的会是谁的生命，阿特洛波斯没有把握。

她愤愤不平地向宙斯抱怨，说一定是有某位神出手干预了，因为她竟无法精确地结束应该结束的生命，这太不正常了。宙斯向来不喜欢命运三女神，也不愿和她们讲话，所以不为所动。

"有个生命必须结束，"他说，"剪断生命之线是你的责任。好好去做你的工作吧。"

一肚子怨气的阿特洛波斯在三条纠缠不清的生命线里选了两条剪掉，然后为了平衡起见，给剩下的那条添了些寿命。克罗托和拉克西斯取笑她的胆大妄为，但是阿特洛波斯不屑于和她们一起傻笑。

"什么众神之王！"她对拉克西斯说，"他就是个说大话的采花大盗！就让他来找我算账好了。"

妮拉和米格尔为了洗碗的事情吵了整整一个星期。向来都是米格尔洗碗，但是他觉得自己没有得到应有的感激。

在马济努看来，这架吵得还真奇怪。首先，米格尔不许妮拉洗碗。他坚称自己不是那种不肯做家务的"男性沙文主义者"，虽然他所做的家务也仅有洗碗一项。妮拉强调的是，她洗衣、打扫、煮饭，从没得到半点感激，但从来不抱怨。偶尔，米格尔会用很轻蔑的口气谈到妮拉的工作——审稿编辑——好像那不是真正的工作似的。她可以在家工作，这让他隐隐有些怨恨。他自己在安大略电视台为好几个节目做脚本编剧，得每天早上出门上班。他们为洗碗而争吵，接着为家务，然后为工作、家务、洗碗、家务、工作，周而复始。马济努惊呆了，像这样不着边际的争吵竟然可以持续这么长时间。不只这样，虽然因家务而起的争吵大约每隔六个月就要发作一次，但是他们俩总是气恼如初，仿佛这是个新挑起的矛盾似的。

无论如何，"家务"都是个很奇怪的概念。只要不在不合适的地方大便，又何来问题呢？在马济努看来，真正的问题在于人类的居住面积和他们吹毛求疵的个性。你想，他们有这么多空间，大可以随心所欲地从这个房间搬到那个房间，但是对化学气味和干净台面的需求让他们误入歧途。就拿洗碗这件事来说吧，洗掉沾在锅碗瓢盆上的气味和滋味，到底有什么意义呢？简直就像把最好的部分洗刷掉，然后还为此庆幸不已一样。想想看，可怜的妮拉竟要一直忙着做这些事！

虽然他很不愿意介入这种显然是为争夺主导权的冲突里，但是马济努想，米格尔和妮拉需要的是花些时间相处，没有他在身边打扰。而改变一成不变的生活应该对他们有好处。妮拉对此很怀疑。她和米格尔都不是喜欢旅行的人。他们更乐意在家附近活动：看戏剧，看电影，去餐厅。除此之外，他们最快乐的时光都是在家里度过的。然而，妮拉厌倦了和米格尔吵架，米格尔也厌倦了和妮拉争吵不休。所以，当妮拉提议他俩一起去逛几个酒庄，到"三十席酒庄"附近住两个晚上（周五和周六）时，米格尔一口答应。只要可以停止争吵，做什么都可以。

但是谁来照顾马济努呢？

马济努摇了摇头，他有需要的时候可以自己开冰箱，也不介意妮拉留一袋干"狗粮"给他吃，他可以像人一样用马桶，碰上火灾或烟雾警告可以自己离开房子，需要水的时候可以自己扭开和关上后院的水龙头。他不想让陌生人来照顾他。留他独自在家让妮拉感到不安，但是米格尔认为把这条狗关在家里很安全，他说：

"马济努不会有事的。"

站在他背后的马济努点点头，于是，妮拉尽管有些不安，还是勉强同意了。然后，周五到了。

这天早上，妮拉和马济努一起出门散步。他们已经许久没去高地公园了，因为如今已有十岁的马济努不能忍受其他狗靠近，也没办法再像以前那样保护自己。他们决定到公园里散步，但要避开不系狗绳的区域，从园侧车道上的那扇铁石大门进入高地公园。他们差不多也算独处，因为附近的人和狗都很少。他们走到中央路，沿着弯道继续前行，爬上山坡，闲聊起季节。妮拉说她最喜欢秋天。她喜欢树木变色，秋高气爽，以及冬日将近的感觉。马济努困惑不已：竟然会有"最喜欢的季节"这回事。

"你一定喜欢某个季节甚于其他季节。"妮拉说。

"我想不出来这是为什么，"马济努说，"我从来就不确定某个季节是从什么时候开始的，而且我也喜欢季节之间，之间的之间，以及之间的之间的之间。"

他们俩同时哈哈大笑。并不是像以前的某些情况那样，马济努无意中做了什么好笑的事情，这次是马济努有意逗她开心。

"应该有一百个季节才对。"马济努说。

"你说得没错。"妮拉说。

她挠挠马济努耳朵后面，马济努喜欢这种感觉。

他们散步的时间比平常更长，大约有一个钟头，或者更久。他们离开了公园，沿着索劳伦大道一直走到皮尔森大道，妮拉虽不想太放纵自己，还是在米兹咖啡店买了一个胡萝卜马芬，然后像是要让马济努当共犯似的，也分给他一些。

"这太甜了。"马济努说。

"是很甜，可这是胡萝卜做的，而且我们又不是每天都吃。"

回到家里后，妮拉收拾了她所需要的少许行李：洗漱用品、化妆品、一条黑色连衣裙、换洗内衣。他们一起听了一段莫扎特的歌剧《狄托的仁慈》。时间一晃而过，米格尔下班回家。不到半小时后，米格尔和妮拉就出门了。米格尔把行李搬到车上时，妮拉蹲下来，看着马济努的眼睛，每回她这样看他，都弄得他很不自在。

"你确定你独自在家没有问题吗？"她问，"我留下了一袋干狗粮，你饿了的话可以吃。食品储藏室里还有。冰箱底层冷冻柜里有牛排。外面的水龙头也上了油，很容易扭开。你要是渴了，也不会任何有问题的。你确定你可以吗？"

"我确定。"他说。

像这种时候，他就更喜欢米格尔的态度。米格尔不像妮拉那么在乎，却也因此不会让马济努紧张。

妮拉用手指梳理着马济努腹侧的毛。

"我们星期天下午就回来了。"她说。

然后她就走了，他最后听到的是她的钥匙插入前门锁孔转动的声音，以及她走下门廊时渐行渐远的脚步声。

一天过去了，然后又一天过去了。

如同之前所说，狗的智力改变带来的最不利后果之一，就是他们对于时间有了新的意识。原来，每一个时刻都如同其他成千上万个时刻一样，这对所有的狗来说都是理所当然的，而这也是莫大的福分。变化发生之后，这十五条狗都必须想办法闪避这新的时间，这种能让他们感觉到时光在一点一滴流逝的时间。马济努比大部分同伴好得多，因为他有妮拉帮助他忘记时间的流逝。那些和妮拉一起在隆斯瓦里斯街或在湖边散步的时光，他都很乐于延长。说起来，他们共度的时间过得实在太快了。但是，妮拉不在家时，他就很难逃过时间流逝的酷刑。最初的二十四个小时，为了让自己有事可做，他为妮拉写了一首诗，想在她回家时给她惊喜。

夏日烟雾弥漫，
草地无边无际。
越过青苔或水藻，
跪在小门廊的栏杆边，
命运悄然降临。

妮拉已经为他把歌剧《唐豪瑟》的 CD 放在了播放器里，于是接下来他开始听歌剧，睡觉，再听一遍，然后到外面去，避开人和狗，沿着高地公园边缘逛了一圈，回家睡觉，再听一次《唐豪瑟》，又睡觉。到了星期一早上，他醒来时发现家里仍只有他一个,非常困惑。厨房里的钟看起来运作正常,秒针像往常那样跳动,可是妮拉还没回来。这简直像太阳从西边升起一般奇怪。那天他没吃什么东西。虽然知道米格尔和妮拉不喜欢他躺在他们床上,他还是爬上床去,因为这是房子里他们气味最浓烈的地方。

如果说星期一让他困惑,那么星期二就奇怪得无法用言语表达了。那天下午,他听到前门有钥匙转动的声音。那声音让他立即警醒,有人想闯进他们家来。他熟知妮拉和米格尔的节奏、声音和重量。门外不是他或她。他跑到玄关,吠叫起来,准备攻击任何闯进来的人。但是他没发动攻击。不能攻击。进来的是某个熟悉但"不对"的人,马济努无法克制自己。

"你是谁?"他问。

那人——米格尔的兄弟——站在那里盯着马济努看了一会儿,然后才把门完全推开,对他背后的人说:

"天哪,太诡异了。我发誓这条狗讲了话。"

站在他后面的那人说:

"这里没了米格尔,一切都不正常。"

马济努差点就忍不住要攻击这个提到米格尔名字的人。他认为,其他人没有权利讲出这个重要的名字。然而,他还是退回了屋里，垂着尾巴，让米格尔的家人进来。

米格尔的妈妈一进到屋里就开始哭泣。

"哦主啊！"她哭喊着。

她的儿子们扶着她，四个人抱在一起，站在玄关。他们的情绪——马济努仿佛感同身受——在他身上激起了彼此强烈冲突的感觉：怜悯、厌恶、怨恨。为什么在这里的是这些人而不是妮拉呢？他们看起来不像一会儿就会离开。他们在玄关待了好一会儿，儿子们才扶着老太太进入客厅，她倒在沙发上，情绪仍然非常激动。

这些人就这样侵入家里，真是太奇怪了。没有人注意他。没有人开口讲话。他们用送葬一样的步伐在房子里转了一圈，查看所有的东西：衣服、信件、箱盒。翻看东西的主要是米格尔的兄弟，直到后来老太太终于有力气站起来，才开始帮他们。马济努一直待在客厅，静静坐着，一动也不动。不能开口讲话，不能问妮拉什么时候回来，这是一种痛苦的折磨。

"这条狗怎么办？"其中一个兄弟问。

"也许莎拉可以收养它。"另一个兄弟说。

"这是妮拉的狗，"米格尔的母亲说，"应该送给她的朋友收养。"

这几句话对马济努来说已经足够了。他立刻明白，米格尔的家人和他毫无关联，他们对妮拉不忠，更不会对他好。他不慌不忙地站起来从他们身边走开。一进入厨房，他就打开后门，穿过院子，打开后篱笆，在那些人都还没想到要制止他时，就已经走过了半条杰弗瑞街，向隆斯瓦里斯街而去。他从那里进入高地公园，回到曾经是他和同伴们狗窝的地方，如今这是他唯一的容身之处了，虽然这里有死去诸狗的幽魂流连。

第二天清早，马济努的守候进入了新的阶段。他回到那幢房子附近忧心地等待妮拉，在街对面选择了一个有利位置，距离恰到好处：远到可以让他在必要时逃走，又近到可以看见每一个进出房子的人。

接下来那些年，马济努有很多时间都在寻思，他当时是不是离开得太匆忙了。也许，如果他留下来，就可以听到一些关于妮拉的消息，知道她的下落。但即便听到什么消息，也不会改变他的生命历程。无论米格尔的家人说了什么，马济努很可能还是会做他所做的。也就是，等待妮拉。

最初的等待有点纠结，但令他纠结的并不是等待这个决定本身。其实不需要什么真正的决定。他知道他会等待妮拉，因为妮拉会回来，到时，逼妮拉来找他简直残酷得难以想象。

但是等待时，他需要做出许多抉择。例如，他必须吃东西。以独特方式属于妮拉的他，不允许自己死掉，虽然他很不愿意花时间去找东西填饱肚子，因为那段时间他得离开妮拉预期他会在的地方。大部分早晨，他都在高地公园觅食，找到什么就吃什么。要是还吃不饱，他就等到卖挤压玩具和狗食的狗舍咖啡馆开门。他们总是会摆出一些饼干和一碗水。足够他撑过一天。

然后还有等待的策略。

刚开始的时候，那个地方被米格尔的家人占据。他们中任何一个人只要看见马济努，就追赶他。他始终不太清楚他们为什么想抓住他。他们似乎认为他是属于他们的。不过，他们还没来得及想出诱捕他的方法，他就已经跑掉了。他跑过半条街后，等等看他们有没有追来，然后再跑半条街，一直跑到他们放弃为止。拼命逃跑害他一身老骨头都痛起来了，可是只有这样才不会被逮住。

也是在刚开始的时候，他找不到地方藏身来等待妮拉。无论何时，只要他在同一个地方待得太久，就一定会有人来干扰他。差一点就被逮住的那次，是有人打电话叫多伦多动物局来抓他。动物局可不是闹着玩的，他了解。妮拉曾经警告过他。他们会杀掉碍事的动物。所以，他一看见动物局的货车，就马上逃走，冲到房子后面，边躲边溜走，一路溜到高地公园，在灌木林里躲了整整两天。他整整两天没回家，很担心妮拉会回来，或者她已经回来，因见不到他而伤心。

他的生活改变了。他的等待改变了。

"出售"的牌子出现在他、米格尔和妮拉家草坪上的时候，人们对马济努也失去兴趣了。很显然，米格尔的家人在出售并不属于他们的东西。过了几个星期，那个牌子摘掉了，陌生人开始在他家进进出出：一个女人、一个男人，还有两个金发小孩。

马济努不再待在同一片草地，也不在同一个地方等待。他不停改变守候的地点：街对面，隔两幢房子，隔一幢房子，甚至在确定那个女人和她的小孩并不暴力之后，他还到过他以前这个家的后院。一年一年过去，马济努越来越老，越来越瘦，也学着不再那么担心错过妮拉的回归。他越来越相信，妮拉回来之后会来找他，而且，他也会知道她在找他。她回来的时候，他一定会知道。

随着生活渐入常规，他周围的世界也慢慢改变。妮拉离去两年之后，住在杰弗瑞街上的人开始留食物给他：一块肉、面包、胡萝卜，或他们自己吃剩的菜肴。他们保持了一定距离，因为马济努还是有点吓人（毛色黑中带灰难以捉摸，性情警觉），但是没有人再打电话叫多伦多动物局来。附近的狗也不打扰他。不是因为害怕，不是因为他很不寻常，而是因为他的专注之纯粹值得尊敬。没有任何一只狗会怀疑或误解马济努的决心和他深深的期盼。他们全都知晓等待的滋味，每隔一阵子，总会有一只狗陪着马济努，静静坐在他身边，不敢多有动作，分担他的任务，以示敬意。

为了在等待的时候保持警觉，马济努总是不停思考。这些年来，他思考过许多事情，但最常想的是两个问题。第一个关乎人性。他很好奇，人之为人究竟意味着什么？最终，这是个他不可能回答的问题。他生而非人，所以对于人类以其有限能力所创造的世界，有太多无法了解的细节。例如，无法分辨冬雪与初春之雪的气味是一种什么样的体验？无法尝出水庞大的味道谱系与无法察觉女性发情的气味，是个什么样的世界？如此受限的人生是何滋味？难以想象。当然，通过抹除自己本身的一些特质去了解另一种生存状态（也就是了解人类）也是不可能的，那仿佛是在说，把狗身上最好的部分去掉，剩下的就是"人"了。

这个问题可以用来思考妮拉之所以是妮拉的理由，想象她眼中所见的世界，感受她所感受，以她的角度来思索万物。

第二个问题关乎他自己，以及身为狗的意义——如果真有任何意义可言的话。说起来,他到底是什么呢?他在这世界里有着怎样的位置?他等待妮拉,是因为等待本来就是他的天性,还是因为他的忠诚独特而高贵?大部分时间,他只是觉得等待是正确的。然而,他偶尔会想,等待仅仅是一种本能的表现,是他不得不做的事而已。这个想法只要一浮现,就让他很难过,因为纯粹出于本能的反应配不上妮拉,妮拉不是他的主人,而是一个让他变得完整,让他超越了他自己的人。

因此,思索狗之所以为狗的问题,也让他与妮拉更为亲近。

对于凡间的苦痛,诸神表面上好像不为所动,实际上并非无动于衷。有时候,凡间生灵受苦会让他们觉得好笑、有趣,但偶尔也会让他们心生同情,虽然并不多见。

马济努守候了五年之后,宙斯终于注意到,这条狗活得太久了,超过了他的寿命年限,他的痛苦被不必要地延长了。宙斯被这条狗高贵的精神感动,驾临命运三女神的殿堂。

没人喜欢造访命运三女神。她们目中无人,对谁的请求都不搭理。她们见解古怪,而用来纺织生命纱线的殿堂也令人生厌:全白的厅堂,长度只比永恒少一毫米,高十米,宽十米。十一个白色大缸排成一排,每个都装着一种情感要素,摆在克罗托的纺轮旁边。生命纱线纺出的时候，就由拉克西斯把线浸入每一个缸里，最后才由阿特洛波斯剪断。(原则上，拉克西斯会将每一条丝线浸入每一个缸中，好让每一个生命都拥有丰富的情感。但是，拉克西斯阴晴不定，有些丝线只浸入一两个情感之缸，使得那些生命单调乏味或难以忍受。就因为拉克西斯，才有了自杀。)

考虑到这座殿堂和她们的个性，难怪诸神避之唯恐不及，同样，三姐妹没有其他朋友做伴也就不足为奇了。因此，宙斯来访时，命运三女神表面上桀骜无礼，心中却也暗暗欢喜。

"希望你不是来指责我们的。"阿特洛波斯说。

"打从开天辟地以来我就认识你们了，"宙斯说，"你们向来无可指责。"

"他说得没错，"克罗托说，"我们做的是其他神都做不来的事，我们绝对无可指责。"

三姐妹哈哈大笑。

"然而，"宙斯说，"你们的工作也不是永远都不出错。好像凡间有些生命被缩短了，但有些又被延长了。"

"众神之王想必是搞错了，"阿特洛波斯说，"如果你是在指责我们不公平的话。"

"决定延长马济努寿命的不是我，"宙斯说，"你们三个让这个无辜的生命受折磨。我明明下了禁令，你们却还是出手干预。可是我相信你们自然有理由，如果能说给我听听，我会很高兴。"

"去你的。"阿特洛波斯说。

"要是你所说的那个生命真的受苦了，"克罗托说，"去告诉你的儿子们吧。他们老是爱管闲事。我想你应该知道错的是他们，虽然有人可能会怪你没把儿子们管好。哦，伟大至极、法力无边的宙斯啊。"

宙斯垂下了头。

"最起码，"他说，"你们可以结束马济努的痛苦。"

"我们才不会这样做，"阿特洛波斯说，"事到如今，我们和你都无能为力。"

"你们要让他永远等下去？"

"不会永远的，"拉克西斯说，"那狗又不会永生不死。"

"顶多五十年吧。"克罗托说。

"对狗来说这是很长的时间。"宙斯说。

马济努对妮拉的忠心其实已经感动了阿特洛波斯，她态度缓和了些。

"要是你能说服那条狗不再等下去，我们就赐他生命终结。也许下一次我们去找你寻求意见的时候，你会好好听听。"

宙斯拿命运三女神没办法，只好把赫尔墨斯和阿波罗叫来。

"你们两个打的赌，给我带来的麻烦比给你们两个的还要多，"他说，"你们中得有一个去劝马济努放弃等待。要是你们办不到，就和他一起受苦，直到他的痛苦结束为止。"

"您不必这样威胁我们，天父，"阿波罗说，"我们不一向都是您的乖儿子吗？您要我们做什么，我们都会做的。"

宙斯的两个儿子为此吵了一架，阿波罗拐弯抹角地提到，大家都知道赫尔墨斯喜欢通过入梦的方式干预凡间之事，于是就要求赫尔墨斯负起让马济努解脱的任务。至于他们俩打的赌，他们一致认为，没有妮拉，马济努不可能快乐地死去。普林斯——也已濒临死亡的普林斯，是赫尔墨斯最后的希望。

"你知道，我很期待你将欠我的几年劳役，"阿波罗说，"到时候看看你驾车运送一团火球会是什么模样。"

拜赫尔墨斯所赐，妮拉与马济努超乎寻常地亲密，而这使得这位天神的新任务愈发困难了。仅仅要求马济努放弃守候是没有用的。他没有足够的言辞技巧让这条狗相信妮拉不会回来了。而对马济努的钦敬，更是让这位盗贼之神束手束脚。他不想用简单明显的诡计。比方说,他不能容许自己假扮妮拉。然而,他知道马济努没有妮拉就不会开心,知道马济努的守候徒劳无功,赫尔墨斯必须完成这小小的慈悲之举:让马济努接受自己的死亡。

一天,马济努坐在他原本的家对面的院子里,有条黑色的贵宾犬——体形差不多是他的两倍大,有双明亮的蓝眼睛——用他们狗群的语言和他打招呼。

"我可以坐你旁边吗?"赫尔墨斯问。

马济努很高兴听到自己狗群的语言,说:

"当然可以,可是你怎么会讲我们的语言?"

"我到处旅行,"赫尔墨斯说,"我懂很多种语言。"

"连人类的语言都懂?"

"没错,"赫尔墨斯说,"我住过很多地方。"

马济努用英语说:

"你一定很聪明。"

赫尔墨斯用英语回答说:

"是的,但我不想谈论我的长处。"

这时,马济努意识到眼前这位他曾在梦里见过。

"你不是狗,"他说,"我认得你,你来找我做什么?"

"我是来帮你的。"

"告诉我妮拉在哪里。"马济努说。

"我可以带你去找她,"赫尔墨斯说,"可是你必须离开这里。"

马济努回头看着他凝望了五年的那幢房子:红红的砖墙,高高的烟囱,金字塔形的屋顶,三楼的窗户装上了窗板,二楼有扇弧形窗,前门廊有独立的屋顶,前院有蓝色的云杉,以及各种灌木组成的树篱。几乎可以说,他爱这里的一切,砖、铝、木头,但是这一景一物之所以珍贵,只是因为妮拉曾经在这里住过。

"我不能离开。"马济努说。

赫尔墨斯说:

"那我就在这里陪你,如果你允许的话。我可以为你做什么吗?"

马济努思索着这个问题。他什么都不想要,但是他对眼前这位访客的能耐很好奇。

"让时间停止。"他说。

"那样会很不好受的,"赫尔墨斯说,"但是如你所愿。"

于是时间静止了。有只鸟在两户人家之外的树梢上,不再啼鸣,但时间停止的那一瞬间它发出的音还持续着。所有的声音都来不及消失。周遭的噪音令他们难以忍受,整个世界震耳欲聋。一只蝴蝶悬在花丛的叶子上方,宛如冻结在空气的凝胶里,黄色翅膀边缘的淡蓝色斑点鲜明可见。就连气味都静止了,马济努只要稍稍转动头,就可以闻到一股气味,一股又一股,就像云母里的一层层晶体。

"够了。"马济努说。

时间只停止了一下下。

"我常常这样自娱自乐,"赫尔墨斯说,"来测试我自己可以支撑多久。我和你一样,马济努,向来撑不了多久。可是我哥哥阿瑞斯[①]可以撑上好几天。"

"你哥哥一定很强壮。"马济努说。

"并不,"赫尔墨斯说,"噪音让他想到战争,他喜欢战争。"

这时,马济努意识到,眼前这位同伴完全凌驾于尘世之上。尽管对神十分敬畏,他还是问道:

"当神是什么感觉?"

"很抱歉,"赫尔墨斯说,"要真实地表达我的感觉,只能用你们凡间生灵无法学会的那种语言。"

"你们的感觉和我们一样吗?"马济努问。

"不一样,"赫尔墨斯说,"对我来说,你们所谓的感觉

---

① Ares,希腊神话中的战神,奥林匹斯山十二主神之一。

有一种完全不同的条理和性质。难以捉摸，像流水，像烟雾。"

"好奇怪啊。"马济努说。

有好一会儿，他们俩就这样静静坐在一起，看着周围的房舍、天空，以及整个世界。经过的路人看见马济努待在他常待的地方，凝神盯着前方，就像平常那样。他们没看见赫尔墨斯。但是狗、猫和鸟还没看见马济努，就先看见赫尔墨斯，都惊慌不已。

当然，马济努本来有成千上万个问题想问。狗比人伟大吗？哪种生物最聪明？为什么会有死亡？生命的目的是什么？大部分问题都很有意思，但是如今对马济努来说，它们的答案已经不重要了。马济努希望知道一件事，只有一件事：妮拉的下落。可是他不敢问这个问题，或者应该说，是不敢听到它的答案。而赫尔墨斯出于对马济努的尊重，也没提到妮拉。他等着马济努自己开口。

尽管无法提及真正对马济努至关重要的问题，但赫尔墨斯陪在身边，还是让马济努或多或少轻松一些。他们（默然无语地）谈到很多事情，神在这条狗的脑海中悠然自在。这一天转瞬即逝。

日落时分，马济努很不情愿地离开了守望的地方。他和赫尔墨斯一起沿着隆斯瓦里斯街漫步，向高地公园慢慢走去。

马济努闻着地上的东西，后来赫尔墨斯带他来到一家熟食店后面的巷子。他们找到了过期的面包和一截波兰香肠。马济努大吃一顿，然后才往西走向高地公园。他早已过了健步如飞的年龄，在天气暖和的时候，也很少走远，通常只走到公园的边缘：游戏场、鸭子池塘、靠近电车回转处的林木。

最后，他和赫尔墨斯在一棵松树的树桠下坐下来，他一再回避的问题强行挤进他的思绪之中，马济努很难掩饰自己的焦虑。

"我看得出来，"赫尔墨斯说，"你有话想问我。"

"你能不能告诉我，爱是什么意思？"马济努问。

太阳差不多已经完全沉落了。一抹嫣红悬于树木上方。夜晚的声音，比白天更细微但也更迷人的声音，悄悄降临，在街灯与月光的照耀下，公园四处亮了起来。暗影更深了。

"你们的体形如此优雅，"赫尔墨斯说，"你们的感官如此卓越。很可惜你已经改变了，马济努。如果你还是原来的样子，和其他狗一样的狗，这个问题根本就不会出现在你的脑袋里。现在，你早就知道答案了。"

"这个字让我想到妮拉。"马济努说。

"我明白，"赫尔墨斯说，"我们来立个约吧。我可以回答你的问题，但是作为回报，你也要考虑离开这个地方。"

"没有妮拉,我不能离开。"马济努说。

"我只是要你考虑一下。"赫尔墨斯说。

马济努同意,然后坐直。

"你想知道的,并不是爱的意思,马济努。这个字指的并不单单是一件事,永远都不是。你想知道的是,妮拉说这个字的时候是什么意思。这更难解释,因为妮拉所说的'爱',就像是一个女人独自走过的漫长旅程。她在书里读到这个字,在对话里听到这个字,跟朋友、亲人、米格尔和你谈到这个字。其他人碰到或使用爱这个字的时候,不论是意义还是用法,都不会和妮拉一模一样。不过,我可以带你走一趟妮拉走过的旅程。"

翻译之神说到做到,在仅仅几次心跳的时间里,他带马济努重返妮拉与爱这个字的每一次相遇,让马济努感觉到她的情感波动,了解她每一次听到、想到、说到爱的时候,心里是什么想法:从最微不足道的认知到最深刻的情感,以及在这两极之间的种种情绪。马济努对妮拉的"爱"了解得越深,心中的痛苦也越深。妮拉在马济努心中重现,仿佛就在他们身边一样,但同时也遥不可及,没有她在,这一切突然变得难以忍受。

马济努甚至无法失声痛哭,深深的哀恸将他淹没,他只能叹一口气。他趴在铁锈色的松针上,头埋在交叉的双掌之中。

"你没有必要再等她了,"赫尔墨斯说,"我会带你去她那里。"

此时此刻,马济努什么都愿意做,只求能再见到妮拉。于是,他相信盗贼之神,不再守候了。他让赫尔墨斯领着他的灵魂穿越夜色远去。

 两份礼物

普林斯的诗里是否暗藏线索，清清楚楚的线索，表明神押注在他身上稳赢不输呢？没有，并没有。这条狗把所有的时间都耗在写（或者是背诵）诗上，而且用的还是只有那一小群日渐衰亡的狗才懂的语言，实在看不出有什么强有力的理由该对他持乐观态度。事实上，普林斯写出最后一首诗的时候，这世界上能理解那些诗句的只有他自己了，他所属狗群的语言就像当初突然出现一样，也突然消失了。

> 脑中装着昨夜的垃圾
> 跑过灰眼的黎明，
> 那只棕狗狂奔

穿过有凹槽的大门，
鸟儿在世界之上歌唱
一片掉落的奶酪，
他吃过的烤肉串
和桌上所有的珍馐
都在等他回家。

然而，也还是有点蛛丝马迹的。普林斯的才智，他的活泼爱玩，是他身上珍贵的特质，光彩耀眼，颇具深度。最后，盗贼之神选择保护的也正是这点。普林斯的心灵像水银般变化莫测。这条狗很可能死得开心，也可能死得悲惨。

普林斯出生于阿尔伯塔省的拉斯顿，是杂种狗所生的杂种狗生下的杂种狗。很难说清他身上有哪些血统。他的毛不长不短，浑身赤褐色，只有胸前一片白毛。但几乎可以肯定的是，他体内有黄金猎犬的血统，说不定还和边境牧羊犬沾点关系。对收养他的家庭来说，他的血统并不怎么重要。对喂养他，陪他散步，和他一起跑过草地、追捕地鼠的金姆来说，更是一点都不重要。

普林斯的性情有一部分是天生的，但也和金姆的培养密不可分。在金姆的鼓励下，他活泼爱玩，善用智力。而阿尔伯塔省本身的风貌也在某种程度上塑造了他。也就是说，这片土地让普林斯成为阿尔伯塔省的狗该有的样子。在两年的时间里，拉斯顿就是他的家，是他的整个世界。他爱这个地方的一切，也爱他的生活：从夏日草原的气息到他狗粮罐头的味道，从点二二口径来复枪悚然一惊的鸣响，到可以捕获一只受伤鼠类的希望，从金姆卧室的气味到全家人对他的宠爱。无论从哪一方面来看，普林斯生命中的头两年都如田园诗般美好。

然后就迎来了流浪生活。金姆带着普林斯一起搬离拉斯顿。这趟旅程越来越辛苦。他们是在一个清冷的春日早晨出发的。时间很早，普林斯以为他们是去猎兔子，所以很兴奋。可是气氛古怪，有种不太寻常的紧张感，普林斯能感觉出来金姆的妈妈很伤心。然而，金姆的妈妈常常因为普林斯不明所以的事情而伤心，所以他跳进车子，兴奋地在空气中嗅着鼠类的气味，完全不理会她啜泣的声音，以及这家人格外不自然的神态。

金姆穿了一件闻起来有肥皂和机油味的衬衫。他给车窗留了一条缝，普林斯可以伸出鼻尖，在太阳开始点燃清晨之际，闻到朝露濡湿的大地气息。真是太开心了！但是接着，熟悉的气味消失，让位于难以辨识的单调气味：柏油、灰尘、岩石。世界开始变得不一样了。房舍之间的美好距离，慢慢变成让人窒闷的鳞次栉比。而且看来他们是不可能停下车去打猎了。金姆让他下车（绑着狗链），让他在一小片草地上尿尿，周围是弥漫汽油味的世界。最后他们在车上吃东西，睡觉，然后又再次上路。

从那时起，世界变得越来越陌生：声音、气味，以及从车外飞掠而过的景物都不一样了。普林斯热爱的一切似乎都消失了，只剩下高耸的建筑，错身而过的车辆，以及伪装成充实的空虚。他们来到城市里了。

然后，这座城市——在刚抵达的那几天，让普林斯眼花缭乱的城市——也把金姆从他身边带走了。或许，如果有时间学会在这看似无边无际的城市之海中航行，串联起组成这个新世界的重重迷宫，普林斯就可以找回金姆。可是他没有时间，甚至，他也不明白金姆怎么会消失不见。当时他们正在溪谷里散步，蜿蜒的小溪从中穿过。那里有树，有鸟，而且要命的是，还有松鼠。前一刻，他和金姆还走在一起，下一刻，他就去追跑上溪谷侧坡的松鼠了。

他最后一次听到金姆的声音是：

"普林斯，别跑！别跑！"

金姆用的是认真严肃的嗓音。在多数的情况下，普林斯都会马上回到他身边。但是他追的那只松鼠很傲慢，简直欠咬。接着，周围树木和流水的气味让他觉得自己回到了熟悉的世界：这一切让他满心欢喜。他尽情奔跑，能跑多快就跑多快，那种兴奋欢畅，他不确定自己是否还有机会再次感受。这游戏真是太棒了！所以他跑上金姆无法轻松跟上的溪谷侧坡。接着，他探索着陌生的街道，在飘着洋葱、油漆和肉食气味的房舍间穿梭。

过了一段时间后，他停止了探索。游戏结束了。他开始寻找金姆，但是有座房子的门打开了，一个女人叫他进去，给他水和小饼干。自己到底在那座房子里待了多久，他也说不上来。他吠叫着要出去，但是她给他绑上了狗链，带他出去散步，收养了他。几天，或许几个星期之后，他想办法逃脱了。自然而然地，他四处搜寻金姆，但金姆所留下的痕迹都已消失了。普林斯已经走到了离溪谷很远的地方，迷失在街道的迷宫里，为这陌生而烦乱的感觉困惑不已。

接下来的日子非常可怕。即使在拉斯顿——他几乎熟知那里每一寸空间的感觉和气味——普林斯也从来都摸不准人类的善恶。在那里有些人会追他，朝他丢石头。他知道哪些人最坏，会避开他们。但是在这里，在这座城市，他不知道该避开谁。于是，他避开了所有的人，除非他饥渴交迫得受不了而不得不去向人乞讨。

若非普林斯已经失去了一切，你或许会说他从此往后的运气还不错。他在街头巷尾觅食，翻垃圾箱，在地上找到什么吃什么，一个星期之后，就被一对待他很好的夫妻收养了。他们喂他吃东西，给他水喝，让他待在他们家里。他只要一想起金姆，就不想和他们住在一起，但至少这对夫妻没打算伤害他。他们让他随意进出屋子，所以他总还是回到他们身边。

但他们并非完全值得信任。正是这对夫妻把他送到国王街与邵尔街路口的那家诊所过夜的。

那一夜的变化对普林斯的影响，不同于其他任何一条狗。或者应该说，是以一种特别的方式，对他产生了更大的影响。几乎从变化发生的那一刻起，普林斯就开始思考语言的问题。名字和命名对他来说似乎有着非同寻常的意义，也格外有用。以某个声音或一组声音来指代某事物，是一种抽象思维。当然，这概念并不陌生。他把款待和"饼干"联系在一起。事实上，这样的联系也正是让他从语言中找到乐趣的根源所在。

然而，无论是什么影响了他对于名字与命名的想法，他对任何事情其实都不算太认真看待。他天生就不是严肃的性

格。他是第一条用新语言创造出双关语的狗,正如我们之前所见。他也创造了笑话和谜语。例如:

松鼠和塑料鸭有什么共同点?
你一咬,他们就会吱吱叫。

或者,更抽象的:

猫为什么闻起来总是有股猫味?
哦,看!有松鼠耶!

其他狗若是偶然听见了普林斯的笑话,必定会难以领会其中的某些乐趣。通常来说,任何新事物面世之时总是具有难以抗拒的魅力,但是狗群语言中的第一批笑话,却常常引发思索和赞赏,而非带来笑容。(对所有的狗而言都是如此。)比方说,第一个关于松鼠的笑话,既是事实,又颇为新奇,把两个通常没有关联的东西联系在了一起。其次是这个笑话本身的语言特点:squirrel[①]这个词读起来格外欢喜。(这也是

[①]即松鼠。

所有的狗都赞同的。）最后，还有普林斯的表演。他需要其他狗听他讲，好把他从语言中所得的乐趣与众狗分享。但是其他狗都不习惯听普林斯讲的这类东西。为了赢得他们的注意，普林斯的神态、发音、语气都必须具备吸引力。虽然以前没有侃侃而谈的经验，但他自创了一套讲故事的新方法。这也正是喜爱他的那些狗爱他的原因。

但也正是他的这套新方法，害他招来了厌恨。像阿提克斯这样的狗不只讨厌普林斯对它们语言的歪曲，也无法应对普林斯的行为所隐含的意义。有一种地位——通过对普林斯讲话与表演能力的欣赏而赋予他的地位——如此新颖，很难想出办法来与之对抗。一条备受欣赏，但是天分却与传统犬类如此不同的狗，会被赋予什么样的地位呢？这条讲话怪异的狗对狗群会有什么样的影响呢？他危险吗？这些问题都很难回答，于是到了最后，恐惧让那些同伙对普林斯充满敌意。

他的第二次流浪极其怪异，难以理解，竟是从梦里开始的，而且几乎和第一次一样令他悲痛欲绝。普林斯觉得无论哪个世界都不想要他，这不能怪他，有段时间，他可以说是得了抑郁症，备受折磨。他在城市里游荡，希望能找到让他和他的语言活下来的方法，他已经成了这种语言的非官方守护者。然而，和之前一样，尽管普林斯到处流浪，痛失朋友，但我们还是可以说他"运气不错"。没有家，没有金姆，没有狗群，但他至少还拥有一样他爱的东西，会永远和他在一起的东西：狗群的语言。

结果，普林斯与这种语言的密切关系深刻地影响了他的观点和个性，到了普林斯生命将尽之际，阿波罗越来越不确定这条狗的生命会如何结束。这种不确定对他这位瘟疫与诗歌之神的影响，比对赫尔墨斯的影响更大。阿波罗很气恼，担心这条能作诗的狗会害他输掉赌注，但是不知道自己能否赢得弟弟的劳役更让他觉得为难。天底下他最不喜欢的事，就是输给赫尔墨斯。

"听我说，"他对弟弟说，"这条狗大半辈子都在流浪，已经很多年都不快乐了。他不可能有别的下场，一定会死得很不开心。我们何不现在就结束打赌。如果你愿意，我可以忘掉你曾答应赌注加倍的事。也就是说，你只欠我一年。"

"不要。"赫尔墨斯说。

"你确定？我想说，如果我是你，我会马上逮住这个机会。"

"如果你这么有把握，我们何不把赌注提高到三倍？"赫尔墨斯问，"输的就罚三年好了。"

"你在开玩笑吧,"阿波罗回答说,"你从一开始就没当真。看来这个前提本身就是错的……"

"你要跟我理论了吗?"赫尔墨斯问。

"不要觉得我是在侮辱你,"阿波罗说,"我只是想指出,你设定'死亡那一刻'的时候考虑得不够严谨。如果你问一个人,他是想要悲惨死去的精彩人生,还是死得美好的悲惨人生,你觉得他会选哪个?'死亡那一刻'根本就不重要。"

赫尔墨斯露出了诡异的笑。

"你确实是想和我理论,"他说,"我来回答你的问题:年轻人会选择精彩的生活,老年人会选择开心地死去。但是怎么样都无所谓,因为你已经同意我的条件了。"

"你说得没错,无所谓,"阿波罗说,"这条狗会像其他狗一样,死得很悲惨。我会把你当羊一般使唤好几年。"

然而,阿波罗心情很不好。就像诸神生气时常做的那样,他把气发在凡间生灵身上。而这一次,出气筒是普林斯。虽然这条狗只剩下几个月的生命了,虽然宙斯禁止儿子们进一步干预这些狗的生活,但是阿波罗还是偷偷介入了普林斯的生活。他拿起一把沙,撒下磨难,让这条十五岁高龄的狗受苦。

过去这些年来,普林斯已经走遍了这座城市的许多地方,但他最熟悉的是市中心与南部，而最喜欢的是由伍宾大道、金斯顿路、维多利亚公园以及安大略湖所围成的多伦多市区。住过不同的房子，跟过不同的主人之后，他开始把滩区当成他的家。他非常了解这个地区，也爱极了其中的一些乐趣，例如，沿着金斯顿路走进隐秘植物园，也就是格伦·斯图尔特公园。还有湖滨冬日里的触感（沙地硬邦邦的），以及夏日里的气味：金属味，鱼腥味，人类往自己身上涂的油味。

普林斯熟知他这片领地上的每一条安全通道：逃生路线，捷径，岔道。必要时，他可以一路嗅闻着从靠近主街的金斯顿路走到尼维尔公园大道尾端，从奇坞滩大道东北边走到柳树大道与香脂大道的交叉路口。当然，其中有几条街道他格外熟悉，如金斯顿路。好一条弯弯曲曲的漂亮街道！它在感官盛宴中蜿蜒穿行：这里有奇特的香料，格伦·斯图尔特公园湿潮的入口，新鲜出炉的面包，房舍散发的变化莫测的味道，水泥建筑一成不变的化学气味，街灯、聚光灯以及所有发光体傍晚的光亮，以及人类喊着：

"啧，啧，啧……过来，小子！"
一只手抚过背上的毛，仿佛在搜寻什么，还有那不可思议的香水的芬芳。金斯顿路总是熟悉却又透着某种陌生。那么山毛榉大道和柳树大道呢？这两条街道他不太了解。他认得它们的气味，也辨认得出路标上的街名，但它们只不过是他去湖边的所经之道，在他记忆里若隐若现：一片片绿色与灰色，草坪与人行道交错映衬——模模糊糊，难以凭回忆复现其样貌。但是了解一片地域，就是去探索尚不了解的部分。山毛榉大道和柳树大道就是有待普林斯探索的部分，是滩区最富裕的地带之一。

同样重要的是，滩区也是狗通常都会系上狗链的地方。这让他安心。因为像马济努一样，普林斯虽然学会了保护自己，但是不喜欢制伏其他狗。原因是每多一条狗被宰制，这世界上就少了一个可以听他讲他的语言或他可以传授这种语言的对象。有时候，他任由其他狗咬他，但这样也于事无补。自以为可以主宰你的狗，其实是最不可能听你说话的狗。其次，随着年纪越来越大，他越来越难对付那些进攻性很强的狗。因此，尽管他觉得自己这个想法怪怪的，但还是很庆幸有狗链的存在。

此外，在滩区这个地方，大部分人类都不会来打扰他。他们似乎有更重要的事情要做，比如让一个大球在空中飞来飞去不掉下来，或是踩着带小轮的鞋子滑来滑去，再不然就是扑通一声跳进湖里——这里的湖水（很不可思议地）散发着尿、鱼和上千双臭袜子的气味。普林斯和人类之间最严重的问题发生在人类饲养的狗前来挑衅,迫使他不得已挺身捍卫自己的时候。为了保护自己的狗,人类有时会很残暴,而且普林斯知道,要是咬了人,会惹来更多麻烦。所以,偶尔几次遭受人类攻击的时候,普林斯转身就跑,奔逃过他所熟知的或尚陌生的各个区域。

说来也不意外,普林斯最动人的诗都是关于滩区的。例如《湖来到边缘》,这首诗写于二〇一一年,他死前的最后一个夏天。

> 湖来到边缘,
> 当灯于湖湾亮起之际。
> 近处,牛肉焦香。
> 步道上烟雾缭绕。
> 我吃过了黑里浮出的绿,
> 从热泥里站起后打着冷颤。
> 我舔着脚掌,尝到鲜血。
> 这个谎言纷乱的世界怎么了?
> 城市的精灵喂食苍蝇!

行至暮年,普林斯终于在滩区又找到了一个家,但却被不肯听命的阿波罗残忍地剥夺了。

起先,普林斯失去了视力。一阵风起,中了太阳之毒的沙粒吹进他眼睛和耳朵里,两天之后,他就瞎了。一开始,世界仿佛罩上了一层灰色的轻霭,薄薄的,却始终不散,所有的光源周围都是一圈柔和的光晕,远方的景物仿佛被渐渐接近的白色帘幕所掩盖,失去了踪影。接着,轻霭越来越浓,越来越近,仿佛成了浓雾。最后,眼前完全是一片灰色,普林斯什么都看不见了:看不见灯,看不见光晕,看不见汽车,看不见人,看不见建筑。只有一片灰,像眼睛戴上了灰色眼罩。

虽然这个世界花了一些时间才从他眼前消失,但是普林斯的失明就像是突然发生一样,令他措手不及,痛苦万分。当他发现自己什么都看不见了的时候,他正在格伦·斯图尔特公园,待在接近坡顶的木板楼梯底下。也就是说,那时他远离曾经拥有的任何一个家。现在瞎了,他就得想办法穿过滩区到……究竟是哪里呢?

普林斯老是老,但显然是条聪明的狗,所以有几户人家很欢迎他,会喂他吃东西,宠他,给他地方住。那几家人都很和善,不像兰迪那么蛮横。可是普林斯以前不想就这样待在某一幢房子里,而是选择了独立生活,让自己可以自由地探索他的领地,独自写他的诗,以自己的方式去面对这个世界。而且，几天之后，人类因为他的出现而表现出来的行为，无一例外都令他感到厌烦：他们低声劝诱，揉着他的毛，在地上与他一起打滚，沾沾自喜，高高在上，快活地下达命令：

"来，小子！来，小子！"

"打滚！打滚！"

还用兴奋的声音说：

"这个小乖乖是谁呀，嗯？这只乖狗狗是谁呀？"

无论普林斯多么努力地想把人类的行为当成是他们的天性使然，他有时还是觉得人类的关注让他分心，无法专心思考。所以，他夏天通常待在户外，睡在任何可以权作住处的地方：灌木丛、长椅、箱子，等等。冬天，他则不得不寻找栖身之所，在某个地方待上几个星期。但即使是冬天，普林斯也努力与人类保持适当的距离。现在他瞎了，该和谁住在一起呢？他知道这一次或许要和他们永远待在一起，那么他要选择和谁相伴？

他认真考虑的只有两家。一个是一栋小房子，里面住着一个女人，她家离格伦·斯图尔特公园很远，离湖滩也很远，所以他很可能无法常常去他喜爱的湖边了。她人很好，比其他任何人给他更多的自由，只喂他吃东西，其他时间都不管他，而且只在她觉得他需要的时候才拍拍他。但是这个女人抽烟，烟味几乎盖掉了所有的气味。而且她给他的"感觉"有时很可怕，她不时流露出一副想宰掉什么东西的模样。所以这女人的家不能被当成永久的住所。那就只剩下尼维尔公园大道的那幢房子了。它位于他领地的边缘，离湖不远。住在房子里的人——一个女人和三个男人——都对他很好。更好的是，没有人会黏着他或摆出一副施舍的姿态。他到那里去的时候，他们就摆出食物给他吃，早晨放他出去，傍晚迎他回来。那个女人最关心他，但他可以忍受她的喜爱，因为她并不经常表露。

在普林斯看来，人类总体上太过情绪化，而且把情绪表现得太过明显。你从三个街区外就看得出来某人在生气，而这人甚至还没有像动物那样怒吼、扑上去或龇牙咧嘴呢。他们是情绪的灯塔，靠近他们常常会引发混乱。当然也有例外。有些人难以捉摸，很不稳定。他们的情绪瞬息万变，毫无来由地就从温和变得凶暴。他有一次就差点被这样的人给踢死，那人坐在公园长椅上自言自语，又用唱歌似的声音唤他过去，但等他一靠近，那人就用力踢他的肋骨。幸好旁边有人出面保护了普林斯，但是这个意外印证了他原本的想法：人类——除了金姆之外——都是致命的。当然，他在选择尼维尔公园大道那幢房子的时候，内心也没有忘记这个想法。那个女人和三个男人从来没对他做过残暴的事，但他们还是有可能伤害他的。

尽管世界一片灰蒙，但气味仍然鲜明：新的气味、旧的气味、可以作为地标的气味，以及其他同样鲜明却可能诱他走错路的气味。树木、木头楼梯与木板小桥散发着熟悉、舒心的气味——其中最主要的，是狗的尿味。同时，有些植物的气味也是他熟知且可以用来定位的：这个园子（在公园边上）有花和草，那个园子种了蔬菜。还有溪水、泥巴、尘土、小动物、香水、人类的汗水与身体的气味。他觉得他可以一路走到皇后街，因为他的嗅觉和年轻时一样灵敏。他想，真正的困难并不在于地形本身，而在于通常会出现的危险：挡住路的人类、围着他嗅来嗅去的狗，诸如此类。但是来到第一段阶梯的时候，他就跌了下来，头撞上了平台，他顿时失去了方向感。

毫无方向地跌入一片灰蒙空无之中，是多么可怕啊！普林斯发乎本能地哀号着。然而，从震惊中恢复过来之后，他发现这疼痛是可以忍耐的——他知道还有更痛的，这次跌跤教他要更谨慎。格伦·斯图尔特公园虽然是很熟悉的地方，但也有种种危险。所以他行动时更加小心，嗅闻着每一种气味,竖耳倾听每一丝危险,谨慎地把一只脚掌迈到另一只脚掌前面,尽力想象阶梯的每一级,掌握步道方向的变化。

但是到了下一段阶梯,他又摔下来了。这一次更痛了,感觉好像身体里面有什么东西跌断了。他哀叫,然后挣扎着站起来。只是站起来之后,他不确定自己面对的是哪个方向,分不清楚前后左右。唯一的好事是——如果这也算得上好事的话——他从木板步道摔下来,跌到了草地上,就在穿过公园的那条小溪旁。只要走在溪边,他就不必再担心那些阶梯了。如果他朝着正确的方向走,就能找到一条离开格伦·斯图尔特公园的路。

尽管很喜欢自我反省,普林斯在遭逢困难的时候其实是相当乐观的。有任务要完成,这让他不至于自怜自艾。既然当务之急是找到离开公园的路,他便忽略了自己的眼盲——或者更确切地说,是接受自己的眼盲——尽可能小心地往前走,脚步颤颤巍巍,坚持前行让他不再忧心。他没费太大劲儿便来到格伦·莫洛路。他了解这个地方(熟知这里的气味和感觉),几乎不需要多想,身体自会代替他来思考(或回忆)。他找到了从公园通往大马路的那道斜坡,然后沿着大马路走向皇后街。他摇摇晃晃地走在人行道上,好像醉汉似的,一直走到第一个路口。

即便是在健康状况最好的时候,穿越街道都是很麻烦的事。格伦·莫洛路交通不算繁忙,可以说很少有繁忙的时候,但是汽车总是那么快速地朝你开过来。他亲眼见过来不及躲开的狗有什么下场。他们的身体被压扁在马路上,丢在那里腐烂,到最后连最饥不择食的生物——乌鸦和蛆——也对他们的尸体避而远之。他想在有红绿灯的地方过马路,因为有人类可以掩护他。现在这里没有红绿灯,他孤零零的,而且他还没办法走得快。他在人行道边上站了许久,凝神倾听,然后,因为知道自己非过街不可,他走上马路,一边闻一边听,听到可能是汽车的声音时猛地后退,几乎都要失去方向了,最后他终于勉强走到了对街,一跨上相对安全的人行道就松了一大口气。闻到这幢红色大房子的气味多么棒啊!这个他曾经被喂食、受宠爱的地方。他对自己在哪里确信无疑!他稍微考虑了下要不要去向这家人乞食,但他不想冒在这里耽搁的风险,于是继续前行。

第二个路口更麻烦。他必须先过街,然后走过一段没有人行道的弯道。他脑海里清清楚楚地浮现出这条弯道。他知道自己身在何处。他闻得出来在他前方路旁的伊凡·福雷斯特园,以及远处的湖。他在街角坐下,让自己恢复一下体力,做好过街的准备。就在这时,他察觉到有人走近。不,是一群人朝他逼近：听起来有一大群，走得很快，软底鞋啪啪踩在人行道上，他们的呼吸一阵阵飘过来，还带来那种气味——汗水、橡胶、生殖器和尘土的气味。风把这些气息全带了过来，仿佛预告麻烦的来临。

怎么回事？他挡了他们的路吗？

他尽量让自己不引人注目，夹着尾巴，趴了下来。这时他们来到他身边。

"小心那条狗！"

有人打他。

"见鬼！滚开，死狗！"

又有人打他，也许是同一个人，踩他的尾巴，把他推开。普林斯哀叫一声，尽可能缩成一团，然后听着他们走过的声音：脚啪啪踩在马路上，磨碎人行道上的尘土，鞋底吱吱响。普林斯总是无法理解这种蜂拥奔窜。但是他不知道这些人从哪里冒出来，也不知道总共有多少人，因此对这个情况格外警觉。后来，有个人弯下腰拍了拍他的头，这种不知从何而来的接触最是可怕。

就像突如其来地冲过来一样，这群人忽然又走了，声音逐渐远去。他心脏狂跳，身体颤抖，在松月街和格伦·莫洛路的路口坐了好一会儿，才不再发抖，继续前行。他忽然想到，或许应该等到晚上，等到只听得到蟋蟀声与偶尔响起的车辆呼啸声的晚上，再开始行动比较好。但他还是继续往前走，勇敢地踏上马路，穿过松月街，走向街对面，然后进入伊凡·福雷斯特园，这里没有马路也没有车，只有条条小径。

穿过伊凡·福雷斯特园的时候，他一时几乎忘了自己看不见。这里是他最熟悉的领域，光是闻着自己的尿味就可以找到方向。甚至，他几乎可以看见自己留下记号的那些树和杆柱。当然他还是走得很慢，身体的各种疼痛拖慢了他的速度。他仔细地听，判断有没有人接近，嗅找可以吃的东西，停下来顺从那些想闻他肛门或生殖器的狗。他原本担心自己这么不堪一击会被欺负，但这样的恐惧慢慢缓解了。其他狗一眼就能看出来他饱受痛苦。他们很同情他，舔舔他的脸，闻闻他的口气，以一种近似尊敬的态度对待他。

这天余下的时间，普林斯都待在园子里恢复体力。在他比较年轻，或者还看得见的时候，这一趟路程根本算不了什么。这天晚上，他睡在一棵柳树旁。他以为自己隐藏得很好，其实却几乎完全没有遮掩，任何在公园中走过、飞过或悄悄溜过他身边的生灵都可以轻易看见他。

清晨，他打着哆嗦醒了过来，诧异地发现自己还是看不见。他的失明是刚刚发生的新状况，感觉还非常不真实。他已经十五岁了，一身老骨头，加上前一天摔出的伤，一站起来就浑身疼痛，牙齿直打颤。这世界的早晨一如往常：安宁寂静，只有远处偶尔传来的车声与电车经过时的叮咚响声划破静谧。新的一天透过露水、晨雾和寒意，散发清新的气息。他找不到方向，比前一天更害怕。他闻得到湖的气味，于是离开了园子，朝湖的方向走去。

普林斯心里只有一个念想：那幢住了一个女人和三个男人的房子。结果呢，他这段路程的外在环境还颇为有利。附近人很少。很少的人，很少的车。他小心翼翼地穿过皇后街，像得了狂犬病那样脚步踉跄，每走一步就仔细听听有没有汽车或电车驶来的声音。还有更多街要过，有更多车子要小心提防，但是随着他一路往南，湖越来越近了，引领着他一直走到街的尽头；突然，没路了，他一跤跌到了沙滩边的木板步道上。

以前，就算是在最悲惨的日子里，这片湖也能让他精神为之一振。但这天早上（由此就能看出普林斯有多焦虑），他只是停下来闻了闻湖的味道——舔舔鼻子，把鼻子朝湖面伸了伸——就谨慎地沿着木板步道走到尼维尔公园大道尽头，来到那个即将成为他最后一个家的地方。

虽然眼睛瞎了，普林斯在尼维尔公园大道这个家的前几个星期不能说不快乐。庆幸自己从可怕的旅程中死里逃生，终于抵达目的地，这种兴奋情绪持续了好多天，这期间他已经学会了在不弄伤自己的情况下在这幢房子里自由行动。

他选对了房主。这家人收留了他，甚至在发现他瞎了之后也没改变心意。那个女人对他特别好。她会准时摆出食物给他吃，带他出去走一小段他力所能及的路。在格伦·斯图尔特公园摔伤后的疼痛，让他几乎难以行走。而且，在他决定要在这里待下来之后，他的方向感也加速丧失了。

他怀念他的领地和他的自由独立。最初的那几个星期，普林斯有时会忘记他不能独自出门，总是不由自主地往门口走去，直到撞上椅子、家电或某个人才罢休。但是有失也有得。接受了再也看不见的事实之后，他开始依赖记忆，也因为这样，他的记忆变得更加鲜明（或者，至少是更加生动了）。到后来，他脑海里出现了一整幅滩区的景象，他倍加珍惜，像曾经珍惜真实的事物那样。

尽管他可以感觉到死亡慢慢接近，但他并不担心。他当然想过死亡。他想知道死亡何时来临，也为自己日渐丧失的各种能力而哀叹。他想念他曾经视为"当然"的一切，例如：嗅闻出某只陌生的狗的气味，只为难以言表的纯粹快乐而奔跑，挖出半埋在沙里的小块食物，或咬下一根新找到的树枝。

但渐渐接近的死亡是最让他好奇的。他最后的，也是最酸楚的诗作反映了他的心情。

《来者何名》是他作的最后一首诗，也是他失明之后的典型作品。

> 双眼紧闭，手指漆黑的
> 来者何名？
> 他拉开帘幕，
> 在黎明到来之时，
> 是以"塔纳托斯"①为名，或即称"死亡"？
> 我何时才知晓是哪一个名字？

说起来，普林斯死前那几个月唯一真正感到遗憾的，就是他的诗。随着力气渐渐消殒，他越来越明悉，他的作品和他的语言将随着他的死亡从地球表面消失。就像在失明之后世界离他而去一样，他的语言也将离这个世界而去。这语言将了无痕迹，讲这语言的狗都已经灭绝殆尽。

想想看，一种事物，它如此不可或缺，竟要从这个世上

---

① Thanatos，希腊神话中的死神。

消失得如此彻底!

他难道不能想办法留住什么吗?难道没有办法让这语言流传下去吗?思索自己还可以做什么的时候,普林斯不禁后悔过去对待人类语言的态度。他向来避免接触其他语言,以免影响自己的语言。但是倘若当初学会了另一种语言,如今他就可以把自己的语言流传下去了。他从前过于自私地想要保持自己语言的纯粹,但被其他语言所影响,总好过彻底消失吧。

虽然这个想法让他真心悔恨,但是普林斯并不绝望。他想起为了到现在这个家来,他一路承受了多少痛苦,而且,事实上,他从战胜失明的经历中汲取了很大的激励。在他看来,他虽老弱,但时犹未晚,也许他注定要把自己的作品传递给人类。于是,普林斯为保存自己的语言做出英勇的努力,开始念自己的诗给那个女人听。只要感觉到她在身边或听到她的声音,他就开始念。

Grrr-ee arrr err oh uh ai

Gr-ee yurr ih aw yen grih yoo ayairrr …

毫不意外,这女人把普林斯发出的声音当成年老病弱的狗发出的嘟囔声。他一开始讲话,她就拍拍他,抱抱他,或者挠挠他耳朵后面。普林斯发现这样让他很分心,但他还是坚持不懈，一而再、再而三地念同一首诗，等待她反过来背诵给他听。

普林斯越是念，这女人就越是想办法安抚他，因为他听起来像是在抱怨什么似的。原因是，普林斯就像大部分诗人一样，念起诗来非常怪异。他会坐起来，想办法与这个女人面对面。然后，尽可能一动也不动，念出第一行，停顿一下，然后再念第二行，依序而下。在这个女人看来，这动作本身就很奇怪。应该说，在任何不是诗人的人类看来都很奇怪。

"你还好吗，埃尔维斯？"

她会这样问，但是普林斯完全不懂她在说什么，他就只是继续念。他一直念一直念，让这女人意识到他不是在呻吟，也不是在哽咽，而是在做某件事。事实上，一个星期之后，她就觉得自己可以辨识出他叫声的模式了。

"埃尔维斯不是在乱叫，"她对她的一个儿子说，"他是在唱歌还是什么的。"

然而，她儿子不以为然。

"妈，他老了，脑袋不知道在想什么，仅此而已。"

"我想你说得对。"她说。

可是她并没有被说服，有一天，她像百灵鸟那样，复述了一遍普林斯的咕咕哝哝给他听。普林斯立刻不再念诗，开心地吠叫起来。他把她念给他听的那段再念了一遍。然后,女人又念了几行他的诗(磕磕绊绊,而且怪腔怪调,但还是念出来了)。

Grrr-ee arrr err oh uh ai

Gr-ee yurr ih aw yen grih yoo ayairrr …

这是真正的突破。普林斯深受感动。在他看来,他已经跨越了巨大的界限。但是,不肯善罢甘休的阿波罗还是不放过他。那个女人诵念的他的诗,是普林斯这辈子听到的最后的声音。之后,他完全聋了。他连自己的声音都听不见了,只能感觉到他开口讲话时身体的震动。这是天大的悲剧。整个世界,以及他关于这个世界的种种描绘刹那间全被夺走了。

普林斯不是会失去希望的狗,但此时希望却抛弃了他。他身陷灰蒙蒙的无穷寂静里,孤独无依,所有感觉中只有嗅觉和平衡感还算灵敏。不时会有人抱起他,把他放在某个地方。这是最让他不安的状况,毫无预兆,他就任人摆布,躺在了某人怀里。虽然认得这些男人的气味,这对他有点帮助,但也没多少用。疲累,年老,又聋又瞎,普林斯知道自己时日不多,想要尽量有尊严地面对最后的命运。

他不再进食,只喝一点点水。他退回到自己的内心深处,等待不久后就要来临的死亡。有天早上,那女人抱起他。他感觉得到她的情绪。他们要到某个地方去,但是普林斯太过虚弱,没有心力去在意。到了屋外,他感受空气扑上口鼻。那片湖扑面而来,宛如一个遗忘已久的梦。这让他觉得安慰。接着他们搭车上路,那感觉让他想起了金姆,也抚慰着他。普林斯沉浸在宽慰里,兽医诊所的气味没怎么影响他的心情,虽然他知道这味道——肥皂、化学药剂和其他动物的味道——几乎可以肯定就是他生命的终点。

在普林斯弥留之际,我们或许会说阿波罗赢了,因为没有任何一条狗死去时是快乐的,他们全都像人一样悲惨地死去了,甚至更悲惨。普林斯静静地躺在金属台上,疲累得无法动弹的他,为自己语言的消逝而沮丧。然而,当周围的人开始动手结束他的生命时,他想起了他的最后一首诗。他在心里听见了这首诗,仿佛有人在吟唱,仿佛那全然不是他的声音。就在这一瞬间,他再次震撼了:他的语言是多么美妙啊。没错,如果他是他们狗群里的最后一条狗,那么世上就再也没有生灵知晓他们的语言了,这令他悲伤。但是,他这一生能这么深刻地了解这种语言——虽然他是这么平庸无奇——这是多么美好啊。虽然他还未能深入探索这语言的全部意涵,但他已经见识过了。所以,普林斯想,他已经获得了一份大礼。更何况,这是一份无法被摧毁的礼物。在某个地方,在某个生命心里,他美丽的语言作为一种可能存在着,或许就像一颗种子,总有一天会再次开花。他确信会如此,而且这种确信太美妙了。

于是,完全出乎意料,普林斯的灵魂向上飞升。

换言之,在死亡终于降临之际,他是快乐的。

普林斯弥留之时,阿波罗和赫尔墨斯再次来到麦禾酒馆。

说到这条狗,阿波罗说:

"好吧,我认输。这条狗是在快乐中死去的。这真的很有启发性。"

"不,不,"赫尔墨斯说,"两年的劳役才有启发性呢。"

"你还记得你欠我十年,对吧?现在你不过少欠我一点而已。"

"我转运了,"赫尔墨斯说,"我能感觉出来。"

"你说得没错,这只是运气问题。"阿波罗说。

他夸张地抗议说,这个赌不公平。然而,他并不是真的在抗议。没错,身为诗人的守护神,却对诗人这般残忍,而害他输给弟弟的也是诗人,这些都让他觉得气恼,但是,谁死得快乐,谁死得不快乐,其实纯粹是几率问题。也正因如此,他和赫尔墨斯一开始才会打这个赌。

酒保是个虔诚的年轻女子。她走过来，低着头，无法直视两位天神。

"我可以给你们来点什么吗？"她问。"任何东西？希望有此荣幸。"

"我喜欢这个拉巴特啤酒，"阿波罗说，"再来一瓶。"

"你喜欢这个？"赫尔墨斯说，"这根本是浪费上好的水。"

"没见识！"阿波罗说。

兄弟俩哈哈大笑。酒保拿来一瓶兰牌拉巴特。

"要是我们当初把这所谓的智力赐给了猫，情况就不一样了。"阿波罗说。

"结果还会一样，"赫尔墨斯说，"我们应该做的，是找个人，把狗的智力和能力赐给他。"

"这种事情我已经玩腻了，"阿波罗说，"我们聊聊别的吧。"

他们聊了一会儿奥林匹斯山的事情，然后阿波罗说：

"我在想，如果我们让这些生物当中的一种讲我们的语言，会怎么样？"

"我们的语言？"赫尔墨斯说，"我们光是沉默就有这么多不同的层次，凡间生灵是学不来的。"

"我说的不是教，"阿波罗说，"我说的是给。"

"你在这里待得太久了，"赫尔墨斯说，"我们回家吧。赫菲斯托斯①还欠我一些赌债呢。"

"你走吧，"阿波罗说，"我要再待一会儿。"

赫尔墨斯离开麦禾酒馆时，天空是淡红色的。有辆车在国王街和巴瑟斯特街的路口停了下来等红灯，车子里的音乐放得好大声，连车底盘都在颤抖。车里的驾驶员一动不动，只有右手食指跟随节拍敲着方向盘。

到底该怎样描述这些生物呢？赫尔墨斯所知的，比开车的这个男人要多上无穷倍。他对这人的了解，多过这人对自己的了解。他知道这人此生会碰到的每一个人、每一只昆虫、每一只动物。除了无所不知之外，他还拥有凡间生命所无法想象的力量。只要愿意，他可以压垮这辆车，或这辆车所在的这整个街区。只要愿意，他可以折断这人的一根手指，或从他的眉毛里拔出一根毛。他可以给予这个人他渴望的一切，也可以夺走他的一切。尽管凡人拥有所谓的"人性""尊严"，或是他们庆幸自己所拥有的任何东西，车里这个人，仅仅是这位天神的存在中极其微不足道的一部分。

---

① Hephaestus，希腊神话中的火神和工匠之神。

然而，他们之间还是有着天神无法触及的隔阂，不管他多么神通广大，多么无所不知，多么精巧细微，那就是死亡。一边是永生的神，另一边是凡间有限的生命。他不了解凡人如何与死亡共存，正如凡人不了解没有死亡如何存在。正是人和神之间的这个差别令他着迷，让他不断回到凡间。这也是天神偷偷爱着凡人的原因。死亡是凡间生命不可或缺的一部分，它隐藏在他们的语言里，根植在他们的文化中。你可以从他们的声音里听到它，在他们的动作里看见它。死亡为他们的欢愉披上阴影，让他们的绝望变得轻缓。赫尔墨斯向往死亡，觉得凡间以及凡间所有的生命都极具吸引力，有时甚至值得他费心去体会他们的深度。当然，正是这样的"感觉"，本质上超越语言或人类理解力的感觉，让赫尔墨斯——让所有的天神——不愿灭绝凡间的生命。

一面是威力，一面是爱。

绿灯亮起，那辆车开走了，赫尔墨斯不知不觉间升到了城市上空。南边，湖水呈现淡淡的紫色，湖上方的云朵轻盈、洁白。赫尔墨斯的思绪转向普林斯。这条感受力极强的狗怎么会以为语言的死亡等于诗的死亡。对于永生的神来说，真正的诗存在于永恒的当下，恒久如新，诗的语言永远不死。只要念出口，普林斯的诗便永生不灭。想到这条狗，赫尔墨斯就很欣慰。这位翻译之神宽宏大度，决定给予普林斯奖赏，为他的艺术成就，也为他无意间付出的心力。

普林斯的灵魂在几乎完全离开这世界之际，短暂地苏醒过来。他身处一片翠绿与赭黄交织的草地，四周弥漫着拉斯顿的气味。他又回到了年少时光，拥有灵敏锐利的感官多么让他兴奋啊。这是夏日的一个午后，大约四点钟。太阳刚刚开始让位于黑夜。远处是坎普尔·克瑞森特街那些房舍的后院。他闻得到囊地鼠的痕迹，尿、松脂和尘土的气味，还有天晓得是从哪里扑进他鼻孔的烤羊肉味。

突然，他听到他所深爱的声音：

"过来，普林斯。过来，小子！"

是金姆，是他一直以来记住的唯一一个人类的名字。普林斯看见他站在远处，那个剪影他绝不会弄错。普林斯的灵魂溢满喜悦。他像从前那样冲向金姆：不顾一切地奔过草原。但是这一次，他领会了金姆声音里的每一丝细微之处，他完完全全理解。

在尘世的最后一刻里，普林斯深深爱着，也知道那个人深爱着他。

多伦多，二〇一三年

附注

《十五条狗》中的诗，均为仿照弗朗索瓦·卡拉戴克（François Caradec）为"潜能文学工作坊"（OULIPO）所创作的诗歌而写成。这类诗歌是为纪念工作坊创始人之一弗朗索瓦·勒黎奥奈（François Le Lionnais）而作，探索是否有可能写出对人与动物同具意义的作品。在《十五条狗》中，每一首诗都是卡拉戴克所称的"献给狗的诗"。也就是说，如果高声朗诵，每一首诗里都可以听见一只狗的名字——聆赏者可以听见，狗也可以听见——虽然这些名字不易辨识。就拿哈利·马修（Harry Mathews）来举例吧，他写了一首诗献给伊莉莎白·巴雷特·勃朗宁（Elizabeth Barrett Browning）

245

的狗，Flush：

> 我的女主人从不冷落我
> 她在户外喝茶
> 配上甜蛋糕
> 也很贴心地
> 给我粗糙多汁的骨头

马修的这首诗里，把粗糙（rough）和多汁（luscious）两词连在一起念，就会听见 Flush 这个名字的音。同理，《十五条狗》里的每一首诗都包含一条狗的名字。

有"普林斯"名字的那首诗是金姆·梅特曼（Kim Maltman）所写，金姆也协助写了另外两首诗（献给罗纳迪诺与莉狄亚），并编辑了全部十五首"献给狗的诗"。

马济努在高地公园听到的那首歌是依据卢·波尔森（Roo Borson）写的歌词改编而成。

普林斯带有隐喻意味的"谜语"则来自艾历克斯·帕格斯利（Alex Pugsley）的提议。

著作权合同登记 图字：01-2019-1997
FIFTEEN DOGS by André Alexis
Copyright © 2015 by André Alexis
Published by arrangement with Coach House Books,
through The Grayhawk Agency.
ALL RIGHTS RESERVED
本书译文由漫游者文化授权使用

图书在版编目（CIP）数据

十五条狗 /（加）安德烈·亚历克西斯著；李静宜译. -- 北京：北京联合出版公司，2019.5
ISBN 978-7-5596-3001-8

Ⅰ. ①十… Ⅱ. ①安… ②李… Ⅲ. ①长篇小说－加拿大－现代 Ⅳ. ① I711.45

中国版本图书馆 CIP 数据核字（2019）第 046978 号

十五条狗

作　　者：[加]安德烈·亚历克西斯 著
　　　　　李静宜 译
责任编辑：杨　青　高霁月
特邀编辑：第五婷婷　李　爱　袁梦洁
营销编辑：王　玥　李　珊
封面设计：韩　笑
版式设计：杨兴艳

北京联合出版公司出版
(北京市西城区德外大街83号楼9层　100088)
新经典发行有限公司发行
电话 (010)68423599　邮箱 editor@readinglife.com
北京天宇万达印刷有限公司印刷　新华书店经销
字数100千字　850毫米×1168毫米　1/32　8.25印张
2019年5月第1版　2019年5月第1次印刷
ISBN 978-7-5596-3001-8
定价：49.00元

未经许可，不得以任何方式复制或抄袭本书部分或全部内容
版权所有，侵权必究
本书若有质量问题，请与本公司图书销售中心联系调换。电话：010-68423599